ちくま文庫

教科書で読む名作

夏の花ほか　戦争文学

原 民喜ほか

筑摩書房

カバー・本文デザイン　川上成夫

*

目次

教科書で読む名作　夏の花　ほか　――戦争文学

【凡例】

一 「教科書で読む名作」シリーズでは、なるべく原文を尊重しつつ、文字表記を読みやすいものにした。

1 原則として、旧仮名遣いは新仮名遣いに、旧字は新字に改めた。

2 極端な当て字と思われるもの、代名詞・接続詞・副詞・連体詞・形式名詞・補助動詞などの一部は、仮名に改めたものがある。

3 常用漢字で転用できる漢字で、原文を損なうおそれが少ないと思われるものは、これを改めた。

4 送り仮名は、現行の「送り仮名の付け方」によった。

5 常用漢字の音訓表にないものには、作品ごとの初出でルビを付した。

二 今日の人権意識に照らして不当・不適切と思われる、人種・身分・職業・身体および精神障害に関する語句や表現については、時代的背景と作品の価値にかんがみ、そのままとした。

三 本巻に収録した作品のテクストは、下記の通りである。

「夏の花」(原民喜)『定本原民喜全集 1』(青土社)

「審判」(武田泰淳)『武田泰淳全集 第二巻』(筑摩書房)

「夏の葬列」(山川方夫)『山川方夫全集 4』(筑摩書房)

「夜」(三木卓)『砲撃のあとで』(集英社)
「空罐」(林京子)『林京子全集1』(日本図書センター)
「カプリンスキー氏」(遠藤周作)『遠藤周作全集8』(新潮社)
「出征」(大岡昇平)『大岡昇平全集　第二巻』(筑摩書房)
「待ち伏せ」(ティム・オブライエン)『本当の戦争の話をしよう』(文春文庫)

四　本書は、ちくま文庫のためのオリジナル編集である。

夏《なつ》の花《はな》

原《はら》　民《たみ》喜《き》

発表——一九四七（昭和二二）年
高校国語教科書初出——一九七五（昭和五〇）年
三省堂『新版　現代国語3』

私は街に出て花を買うと、妻の墓を訪れようと思った。ポケットには仏壇からとり出した線香が一束あった。八月十五日は妻にとって初盆[1]にあたるのだが、それまでこのふるさとの街が無事かどうかは疑わしかった。ちょうど、休電日[2]ではあったが、朝から花をもって街を歩いている男は、私のほかに見あたらなかった。その花は何という名称なのか知らないが、黄色の小弁の可憐《かれん》な野趣を帯び、いかにも夏の花らしかった。

炎天にさらされている墓石に水を打ち、その花を二つに分けて左右の花たてに挿すと、墓のおもてが何となく清々《すがすが》しくなったようで、私はしばらく花と石に見入った。この墓の下には妻ばかりか、父母の骨も納まっているのだった。持って来た線香にマ

1　初盆　亡くなって最初のお盆。新盆《にい》。　2　休電日　第二次世界大戦中に、電力不足のため、会社・工場などへの送電を休止した日。

ッチをつけ、黙礼を済ますと私はかたわらの井戸で水を飲んだ。それから、饒津《にぎつ》[3]公園のほうを回って家に戻ったのであるが、その日も、その翌日も、私のポケットは線香の匂いがしみこんでいた。原子爆弾に襲われたのは、その翌々日のことであった。

私は厠《かわや》[4]にいたため一命を拾った。八月六日の朝、私は八時頃床を離れた。前の晩二回も空襲警報が出、何事もなかったので、夜明け前には服を全部脱いで、久し振りに寝巻きに着替えて眠った。それで、起き出した時もパンツ一つであった。妹はこの姿をみると、朝寝したことをぷつぷつ難じていたが、私は黙って便所へ入った。

それから何秒後のことかはっきりしないが、突然、私の頭上に一撃が加えられ、目の前に暗闇がすべり墜《お》ちた。私は思わずうわあと喚《わめ》き、頭に手をやって立ち上がった。嵐のようなものの墜落する音のほかは真っ暗でなにもわからない。手探りで扉を開けると、縁側があった。その時まで、私はうわあという自分の声を、ざあーというもの音の中にはっきり耳にきき、目が見えないので悶《もだ》えていた。しかし、縁側に出ると、間もなく薄らあかりの中に破壊された家屋が浮かび出し、気持ちもはっきりしてきた。

それはひどく嫌な夢のなかの出来事に似ていた。最初、私の頭に一撃が加えられ目が見えなくなった時、私は自分が斃《たお》れてはいないことを知った。それから、ひどく面倒なことになったと思い腹立たしかった。そして、うわあと叫んでいる自分の声が何だか別人の声のように耳にきこえた。しかし、あたりの様子が朧《おぼ》ろながら目に見えだして来ると、今度は惨劇の舞台の中に立っているような気持ちであった。たしか、こういう光景は映画などで見たことがある。もうもうと煙る砂塵《さじん》のむこうに青い空間が見え、つづいてその空間の数が増えた。壁の脱落した所や、思いがけない方向から明かりが射して来る、畳の飛び散った座板[5]の上をそろそろ歩いて行くと、向こうからすさまじい勢いで妹が駆けつけて来た。

「やられなかった、やられなかったの、大丈夫。」と妹は叫び、「目から血が出ている、早く洗いなさい。」と台所の流しに水道が出ていることを教えてくれた。

私は自分が全裸体でいることを気づいたので、「とにかく着るものはないか。」と妹を顧みると、妹は壊れ残った押し入れからうまくパンツを取り出してくれた。そこへ

3　饒津公園　広島市東区にある饒津神社の境内東から広島東照宮参道に至る区域。　4　厠　便所。　5　座板　畳の下の板。

誰か奇妙な身振りで闖入《ちんにゅう》して来たものがあった。顔を血だらけにし、シャツ一枚の男は工場の人であったが、私の姿を見ると、

「あなたは無事でよかったですな。」と言い捨て、「電話、電話、電話をかけなきゃ。」と呟《つぶや》きながら忙しそうにどこかへ立ち去った。

　至るところに隙間ができ、建具も畳も散乱した家は、柱と敷居ばかりがはっきりと現れ、しばし奇異な沈黙をつづけていた。これがこの家の最後の姿らしかった。後で知ったところによると、この地域では大概の家がぺしゃんこに倒壊したらしいのに、この家は二階も墜ちず床もしっかりしていた。よほどしっかりした普請だったのだろう、四十年前、神経質な父が建てさせたものであった。

　私は錯乱した畳や襖《ふすま》の上を踏み越えて、身につけるものを探した。上着はすぐに見つかったがズボンを求めてあちこちしていると、滅茶苦茶に散らかった品物の位置と姿が、ふと忙しい目に留まるのであった。昨夜まで読みかかりの本がページをまくれて落ちている。長押《なげし》[6]から墜落した額が殺気を帯びて小床《おどこ》[7]を塞いでいる。ふと、どこからともなく、水筒が見つかり、つづいて帽子が出てきた。ズボンは見あたらないので、今度は足にはくものを探していた。

その時、座敷の縁側に事務室のKが現れた。Kは私の姿を認めると、「ああ、やられた、助けてぇ。」と悲痛な声で呼びかけ、そこへ、ぺったり座り込んでしまった。額に少し血が噴き出ており、目は涙ぐんでいた。「どこをやられたのです。」と尋ねると、「膝じゃ。」とそこを押さえながら皺《しわ》の多い蒼顔《そうがん》を歪《ゆが》める。

私は側《そば》にあった布切れを彼に与えておき、靴下を二枚重ねて足にはいた。「あ、煙が出だした、逃げよう、連れて逃げてくれ。」とKはしきりに私を急《せ》かし出《い》だす。この私よりかなり年上の、しかし平素ははるかに元気なKも、どういうものか少し顛動《てんどう》[8]気味であった。

縁側から見渡せば、一めんに崩れ落ちた家屋の塊があり、やや彼方《かなた》の鉄筋コンクリートの建物が残っているほか、目標になるものも無い。庭の土塀のくつがえった脇に、大きな楓《かえで》の幹が中途からポックリ折られて、梢《こずえ》を手洗い鉢[9]の上に投げ出している。ふ

6 長押　柱と柱を繋《つな》ぐ横木。 7 小床　畳と敷居の間の板敷きの部分。 8 顛動　動転すること。 9 手洗い鉢　手を洗う水を入れておく鉢。

と、Kは防空壕《ごう》[10]のところへかがみ、
「ここで、がんばろうか、水槽もあるし。」と変なことを言う。
「いや、川へ行きましょう。」と私が言うと、Kは不審そうに、
「川？　川はどちらへ行ったら出られるのだったかしら。」とうそぶく。

　とにかく、逃げるにしてもまだ準備が整わなかった。私は押し入れから寝巻きをとり出し彼に手渡し、更に縁側の暗幕を引き裂いた。座布団も拾った。縁側の畳をはねくり返してみると、持ち逃げ用の雑嚢《ざつのう》[11]が出てきた。私はほっとしてそのカバンを肩にかけた。隣の製薬会社の倉庫から赤い小さな炎の姿が見えだした。いよいよ逃げ出す時機であった。私は最後に、ポックリ折れ曲がった楓の側を踏み越えて出て行った。

　その大きな楓は昔から庭の隅にあって、私の少年時代、夢想の対象となっていた樹木である。それが、この春久し振りに郷里の家に帰って暮らすようになってからは、どうも、もう昔のような潤いのある姿が、この樹木からさえくみとれないのを、つくづく私は奇異に思っていた。不思議なのは、この郷里全体が、やわらかい自然の調子を失って、何か残酷な無機物の集合のように感じられることであった。私は庭に面した座敷に入って行くたびに、[12]「アッシャ家の崩壊」という言葉がひとりでに浮かんで

いた。

Kと私とは崩壊した家屋の上を乗り越え、障害物をよけながら、はじめはそろそろと進んで行く。そのうちに、足許《あしもと》が平坦《へいたん》な地面に達し、道路に出ていることがわかる。すると今度は急ぎ足でとっとと道の中ほどを歩く。ぺしゃんこになった建物の陰からふと、「おじさん。」と喚く声がする。振り返ると、顔を血だらけにした女が泣きながらこちらへ歩いて来る。「助けてえ。」と彼女はおびえきった相で一生懸命ついて来る。しばらく行くと、路上に立ちはだかって、「家が焼ける、家が焼ける。」と子供のように泣き喚いている老女と出会った。煙は崩れた家屋のあちこちから立ち昇っていたが、急に炎の息が激しく吹きまくっているところへ来る。走って、そこを過ぎると、道はまた平坦となり、そして栄橋《さかえ》のたもとに私たちは来ていた。ここには避難者がぞくぞく蝟集《いしゅう》[13]していた。「元気な人はバケツで火を消せ。」と誰かが橋の上にがんばっている。

10 防空壕　空襲から避難するために、地面を掘って作った穴。11 雑嚢　雑多なものを入れる肩かけの袋。12 アッシャー家の崩壊「アッシャー家の崩壊」。アメリカの小説家エドガー・アラン・ポー（一八〇九―四九年）の小説の名前。一八三九年刊。13 蝟集　多く寄り集まること。

私は泉邸《せんてい》[14]の藪《やぶ》のほうへ道をとり、そして、ここでKとははぐれてしまった。

　その竹藪は薙《な》ぎ倒され、逃げて行く人の勢いで、道が自然と拓《ひら》かれていた。見上げる樹木もおおかた中空で削《そ》ぎとられており、川に沿った、この由緒ある名園も、今は傷だらけの姿であった。ふと、灌木《かんぼく》の側にだらりと豊かな肢体を投げ出して蹲《うずくま》っている中年の婦人の顔があった。魂の抜けはてたその顔は、見ているうちに何か感染しそうになるのであった。こんな顔に出食わしたのは、これがはじめてであった。が、それよりもっと奇怪な顔に、その後私はかぎりなく出食わさねばならなかった。

　川岸に出る藪のところで、私は学徒[15]の一塊と出会った。工場から逃げ出した彼女たちは一ように軽い負傷をしていたが、いま目の前に出現した出来事の新鮮さに戦《おのの》きながら、かえって元気そうに喋《しゃべ》り合っていた。そこへ長兄の姿が現れた。シャツ一枚で、片手にビール瓶を持ち、まず異状なさそうであった。向こう岸も見渡すかぎり建物は崩れ、電柱の残っているほか、もう火の手が回っていた。私は狭い川岸の道へ腰を下ろすと、しかし、もう大丈夫だという気持ちがした。長い間おびやかされていたものが、ついに来たるべきものが、来たのだった。さばさばした気持ちで、私は自分が生きながらえていることを顧みた。かねて、二つに一つは助からないかもしれないと思っていたのだが、今、ふと己れが生きていることと、その意味が、はっと私を弾《はじ》いた。このことを書きのこさねばならない、と、私は心に呟いた。けれども、その時はまだ、私はこの空襲の真相をほとんど知ってはいなかったのである。

対岸の火事が勢いを増してきた。こちら側まで火照《ほて》りが反射してくるので、満潮の川水に座布団を浸しては頭にかむる。そのうち、誰かが「空襲。」と叫ぶ。「白いものを着たものは木陰へ隠れよ。」という声に、皆はぞろぞろ藪の奥へはって行く。陽《ひ》はさんさんと降りそそぎ藪の向こうも、どうやら火が燃えている様子だ。しばらく息を殺していたが、何事もなさそうなので、また川のほうへ出て来ると、向こう岸の火事は更に衰えていない。熱風が頭上を走り、黒煙が川の中ほどまであおられてくる。その時、急に頭上の空が暗黒と化したかと思うと、沛然《はいぜん》16として大粒の雨が落ちてきた。雨はあたりの火照りをやや鎮めてくれたが、しばらくすると、またからりと晴れた天

14 泉邸　初代広島藩主浅野長晟《ながあきら》の別邸。縮景園。 15 学徒　学生と生徒。ここでは、勤労動員されていた学生や生徒のこと。 16 沛然　雨が激しく降る様子。

気にもどった。対岸の火事はまだつづいていた。今、こちらの岸には長兄と妹とそれから近所の見知った顔が二つ三つ見受けられたが、みんなは寄り集まって、てんでに今朝の出来事を語り合うのであった。

あの時、兄は事務室のテーブルにいたが、庭先に閃光《せんこう》が走ると間もなく、[17]一間《いっけん》あまり跳ね飛ばされ、家屋の下敷きになってしばらくもがいた。やがて隙間があるのに気づき、そこから這《は》い出すと、工場のほうでは、学徒が救いを求めて喚叫している——兄はそれを救い出すのに大奮闘した。妹は玄関のところで光線を見、大急ぎで階段の下に身を潜めたため、あまり負傷を受けなかった。みんな、はじめ自分の家だけ爆撃されたものと思い込んで、外に出てみると、どこも一様にやられているのに啞然《あぜん》とした。それに、地上の家屋は崩壊していながら、爆弾らしい穴があいていないのも不思議であった。あれは、[18]警戒警報が解除になって間もなくのことであった。ピカッと光ったものがあり、[19]マグネシュームを燃すようなシューッという軽い音とともに一瞬さっと足もとが回転し、……それはまるで魔術のようであった、と妹は戦きながら語るのであった。

向こう岸の火が鎮まりかけると、こちらの庭園の木立が燃えだしたという声がする。

かすかな煙が後ろの藪の高い空に見えそめていた。川の水は満潮のままだ退《ひ》こうとしない。私は石崖を伝って、水際のところへ降りて行ってみた。すると、すぐ足許のところを、白木の大きな箱が流れており、箱からはみ出た玉ねぎがあたりに漂っていた。私は箱を引き寄せ、中から玉ねぎをつかみ出しては、岸のほうへ手渡した。これは上流の鉄橋で貨車が転覆し、そこからこの箱は放り出されて漂って来たものであった。私が玉ねぎを拾っていると、「助けてえ。」という声がきこえた。木片に取りすがりながら少女が一人、川の中ほどを浮き沈みして流されて来る。私は大きな材木を選ぶとそれを押すようにして泳いで行った。久しく泳いだこともない私ではあったが、思ったより簡単に相手を救い出すことができた。

しばらく鎮まっていた向こう岸の火が、いつの間にかまた狂い出した。今度は赤い火の中にどす黒い煙が見え、その黒い塊が猛然と広がって行き、見る見るうちに炎の熱度が増すようであった。が、その無気味な火もやがて燃え尽くすだけ燃えると、空

17 一間　一間は約一・八メートル。18 警戒警報　敵機の来襲を知らせ、警戒を呼び掛ける警報。19 マグネシューム　金属元素の一種。写真撮影のフラッシュに用いる。マグネシウム。[英語] magnesium

虚な残骸の姿となっていた。その時である、私は川下のほうの空に、ちょうど川の中ほどにあたって、ものすごい透明な空気の層が揺れながら移動して来るのに気づいた。竜巻だ、と思ううちにも、激しい風は既に頭上をよぎろうとしていた。まわりの草木がことごとく慄《ふる》え、と見ると、そのまま引き抜かれて空にさらわれて行くあまたの樹木があった。空を舞い狂う樹木は矢のような勢いで、混濁の中に墜《お》ちて行く。私はこの時、あたりの空気がどんな色彩であったか、はっきり覚えてはいない。が、おそらく、ひどく陰惨な、地獄絵巻の緑の微光につつまれていたのではないかとおもえるのである。

この竜巻が過ぎると、もう夕方に近い空の気配が感じられていたが、今まで姿を見せなかった二番目の兄が、ふとこちらにやって来たのであった。顔にさっと薄墨色の跡があり、背のシャツも引き裂かれている。その海水浴で日焼けしたくらいの皮膚の跡が、後には化膿《かのう》を伴う火傷《やけど》となり、数か月も治療を要したのだが、この時はまだこの兄もなかなか元気であった。彼は自宅へ用事で帰ったとたん、上空に小さな飛行機を認め、つづいて三つの妖《あや》しい光を見た。それから地上に一間あまり跳ね飛ばされた彼は、家の下敷きになってもがいている家内と女中を救い出し、子供二人は女中に託して先に逃げのびさせ、隣家の老人を助けるのに手間どっていたという。嫂《あによめ》がしきりに別れた子供のことを案じていると、向こう岸の河原から女中の呼ぶ声がした。手が痛くて、もう子供を抱えきれないから早く来てくれというのであった。

泉邸の杜《もり》も少しずつ燃えていた。夜になってこの辺まで燃え移って来るといけないし、明るいうちに向こう岸のほうへ渡りたかった。が、そこいらには渡し舟も見あたらなかった。長兄たちは橋を回って向こう岸へ行くことにし、私と二番目の兄とはまだ渡し舟を求めて上流のほうへ遡って行った。水に沿う狭い石の通路を進んで行くにしたがって、私はここではじめて、言語に絶する人々の群れを見たのである。既に傾いた陽ざしは、あたりの光景を青ざめさせていたが、岸の上にも岸の下にも、そのような人々がいて、水に影を落していた。どのような人々であるか……。男であるのか、女であるのか、ほとんど区別もつかないほど、顔がくちゃくちゃに腫れ上がって、したがって目は糸のように細まり、唇は思いきり爛《ただ》れ、それに、痛々しい肢体を露出させ、虫の息で彼らは横たわっているのであった。私たちがその前を通って行くにしたがってその奇怪な人々は細い優しい声で呼びかけた。「水を少し飲ませて下さい。」とか、「助けて下さい。」とか、ほとんどみんながみんな訴えごとを持っているのだった。

「おじさん。」と鋭い哀切な声で私は呼びとめられていた。見ればすぐそこの川の中には、裸体の少年がすっぽり頭まで水に漬かって死んでいたが、その死体と半間も隔たらない石段のところに、二人の女が蹲っていた。その顔は約一倍半も膨張し、醜く歪み、焦げた乱髪が女であるしるしを残している。これは一目見て、憐愍《れんびん》よりもまず、身の毛のよだつ姿であった。が、その女たちは、私の立ち留まったのを見ると、「あの樹《き》のところにある布団は私のですからここへ持って来て下さいませんか。」と哀願するのであった。

見ると、樹のところには、なるほど布団らしいものはあった。だが、その上にはやはり瀕死《ひんし》の重傷者が臥《ふ》していて、既にどうにもならないのであった。私たちは小さな筏《いかだ》を見つけたので、綱を解いて、向こう岸のほうへ漕《こ》いで行った。筏が向こうの砂原に着いた時、あたりはもう薄暗かったが、ここにもたくさんの負傷者が控えているらしかった。水際に蹲っていた一人の兵士が、「お湯をのましてくれ。」と頼むので、私は彼を自分の肩により掛からしてやりながら、歩いて行った。苦しげに、彼はよろよろと砂の上を進んでいたが、ふと、「死んだほうがましさ。」と吐き捨てるように呟いた。私も暗然としてうなずき、言葉は出なかった。愚劣なものに対する、やりきれない憤りが、この時我々を無言で結びつけているようであった。
私は彼を中途に待たしておき、土手の上にある給湯所を石崖の下から見上げた。すると、今湯気の立ち昇っている台のところで、茶碗《ちゃわん》を抱えて、黒焦げの大頭がゆっくりと、お湯を飲んでいるのであった。その膨大な、奇妙な顔は全体が黒豆の粒々でできあがっているようであった。それに頭髪は耳のあたりで一直線に刈り上げられていた。（その後、一直線に頭髪の刈り上げられている火傷者を見るにつけ、これは帽子を境に髪が焼きとられているのだということを気づくようになった。）しばらくして、茶碗をもらうと、私はさっきの兵隊のところへ持ち運んで行った。ふと見ると、川の中に、これは一人の重傷兵が膝をかがめて、そこで思いきり川の水を飲みふけっているのであった。

夕闇の中に泉邸の空やすぐ近くの炎があざやかに浮き出てくると、砂原では木片を燃やして夕餉《ゆうげ》の炊き出しをするものもあった。さっきから私のすぐ側に顔をふわふわに膨らした女が横たわっていたが、水をくれという声で、私ははじめて、それが次兄の家の女中であることに気づいた。彼女は赤ん坊を抱えて台所から出かかった時、光線に遭い、顔と胸と手を焼かれた。それから、赤ん坊と長女を連れて兄たちより一足さきに逃げたが、橋のところで長女とはぐれ、赤ん坊だけを抱えてこの河原に来ていたのである。最初顔に受けた光線を遮ろうとして覆うた手が、その手が、今ももぎとられるほど痛いと訴えている。

潮が満ちて来だしたので、私たちはこの河原を立ち退いて、土手のほうへ移って行った。日はとっぷり暮れたが、「水をくれ、水をくれ。」と狂いまわる声があちこちできこえ、河原にとり残されている人々の騒ぎはだんだん激しくなって来るようであった。この土手の上は風があって、眠るには少し冷え冷えしていた。すぐ向こうは饒津公園であるが、そこも今は闇に閉ざされ、樹の折れた姿がかすかに見えるだけであった。兄たちは土の窪《くぼ》みに横たわり、私も別に窪地をみつけて、そこへ入って行った。すぐ側には傷ついた女学生が三、四人横臥《おうが》していた。

「向こうの木立が燃えだしたが逃げたほうがいいのではないかしら。」と誰かが心配する。窪地を出て向こうを見ると、二、三丁さきの樹に炎がキラキラしていたが、こちらへ燃え移って来そうな気配もなかった。

「火は燃えて来そうですか。」と傷ついた少女はおびえながら私にきく。

「大丈夫だ。」と教えてやると、「今、何時頃でしょう、まだ十二時にはなりませんか。」とまたきく。

その時、警戒警報が出た。どこかにまだ壊れなかったサイレンがあるとみえて、かすかにその響きがする。街のほうはまだ盛んに燃えているらしく、ぼうとした明かりが川下のほうに見える。

「ああ、早く朝にならないのかなあ。」と女学生は嘆く。

「お母さん、お父さん。」とかすかに静かな声で合掌している。

「火はこちらへ燃えて来そうですか。」と傷ついた少女がまた私に尋ねる。

河原のほうでは、誰かよほど元気な若者らしいものの、断末魔のうめき声がする。その声は八方にこだまし、走り回っている。「水を、水を、水を下さい、……ああ、……お母さん、……姉さん、……光ちゃん。」と声は全身全霊を引き裂くように迸《ほとばし》り、「ウウ、ウウ。」と苦痛に追いまくられる喘《あえ》ぎが弱々しくそれに絡んでいる。——幼い日、私はこの堤を通って、その河原に魚を捕りに来たことがある。その暑い日の一日の記憶は不思議にはっきりと残っている。砂原にはライオン歯磨きの大きな立て看板があり、鉄橋のほうを時々、汽車がごうと通って行った。夢のように平和な景色があったものだ。

夜が明けると昨夜の声はやんでいた。あの腸《はらわた》を絞る断末魔の声はまだ耳底に残っているようでもあったが、あたりは白々と朝の風が流れていた。長兄と妹とは家の焼け跡のほうへ回り、東練兵場[20]のほうに施療所があるというので、次兄たちはそちらへ出掛けた。私もそろそろ東練兵場のほうへ行こうとすると、側にいた兵隊が同行を頼んだ。その大きな兵隊は、よほどひどく傷ついているのだろう、私の肩により掛かりながら、まるで壊れものを運んでいるように、おずおずと自分の足を進めて行く。それに足許は、破片といわず、屍《しかばね》といわず、まだ余熱を燻《くすぶ》らしていて、恐ろしく険悪であった。常盤《ときわ》橋まで来ると、兵隊は疲れはて、もう一歩も歩けないから置き去りにしてくれという。そこで私は彼と別れ、一人で饒津公園のほうへ進んだ。ところどころ崩れたままで焼け残っている家屋もあったが、至るところ、光の爪跡が印《しる》されているようであった。とある空き地に人が集まっていた。水道がちょろちょろ出ているのであった。ふとその時、姪《めい》が東照宮[21]の避難所で保護されているということを、私は小耳にはさんだ。

急いで、東照宮の境内へ行ってみた。すると、いま、小さな姪は母親と対面しているところであった。昨日、橋のところで女中とはぐれ、それから後はよその人について逃げて行ったのであるが、彼女は母親の姿を見ると、急に堪えられなくなったように泣きだした。その首が火傷で黒く痛そうであった。

施療所は東照宮の鳥居の下のほうに設けられていた。はじめ巡査が一通り原籍[22]年齢などを取り調べ、それを記入した紙片を貰《もろ》うてからも、負傷者たちは長い行列を組んだまま炎天の下にまだ一時間くらいは待たされているのであった。だが、この行列に加われる負傷者ならまだ結構なほうかもしれないのだった。今も、「兵隊さん、兵隊さん、助けてよう、兵隊さん。」と火のついたように泣き喚く声がする。路傍に斃れて反転する火傷の娘であった。かと思うと、警防団の服装をした男が、火傷で膨脹した頭を石の上に横たえたまま、まっ黒の口をあけて、「誰か私を助けて下さい、ああ、看護婦さん、先生。」と弱い声できれぎれに訴えているのである。が、誰も顧みてはくれないのであった。巡査も医者も看護婦も、みな他の都市から応援に来たものばかりで、その数も限られていた。

20 練兵場　軍隊の戦闘訓練や、演習などを行う場所。　21 東照宮　広島東照宮。広島市東区にある神社。　22 原籍　本籍。

私は次兄の家の女中に付き添って行列に加わっていたが、この女中も、今はだんだんひどく膨れ上がって、どうかすると地面に蹲りたがった。ようやく順番が来て加療が済むと、私たちはこれから憩う場所を作らねばならなかった。境内至るところに重傷者はごろごろしているが、テントも木陰も見あたらない。そこで、石崖に薄い材木を並べ、それで屋根のかわりとし、その下へ私たちは入り込んだ。この狭苦しい場所で、二十四時間あまり、私たち六名は暮らしたのであった。

すぐ隣にも同じような格好の場所が設けてあったが、その筵《むしろ》の上にひょこひょこ動いている男が、私のほうへ声をかけた。シャツも上衣もなかったし、長ズボンが片脚分だけ腰のあたりに残されていて、両手、両足、顔をやられていた。この男は、中国ビルの七階で爆弾に遭ったのだそうだが、そんな姿になりはてても、すこぶる気丈夫なのだろう、口で人に頼み、口で人を使いとうとうここまで落ちのびて来たのである。そこへ今、満身血まみれの、[23]幹部候補生のバンドをした青年が迷い込んで来た。すると、隣の男はきっとなって、

「おい、おい、どいてくれ、俺の体はめちゃくちゃになっているのだから、触りでもしたら承知しないぞ、いくらでも場所はあるのに、わざわざこんな狭いところへやっ

て来なくてもいいじゃないか、え、とっとと去ってくれ。」とうなるように押っかぶせて言った。血まみれの青年はきょとんとして腰をあげた。

私たちの寝転んでいる場所から二メートルあまりの地点に、葉のあまりない桜の木があったが、その下に女学生が二人ごろりと横たわっていた。どちらも、顔を黒焦げにしていて、痩せた背を炎天にさらし、水を求めてはうめいている。この近辺へ芋掘り作業に来て遭難した女子商業[24]の学徒であった。そこへまた、燻製《くんせい》の顔をした、モンペ[25]姿の婦人がやって来ると、ハンドバッグを下に置きぐったりと膝を伸ばした。……日は既に暮れかかっていた。ここでまた夜を迎えるのかと思うと私は妙に侘《わび》しかった。

夜明け前から念仏の声がしきりにしていた。ここでは誰かが、絶えず死んで行くらしかった。朝の日が高くなった頃、女子商業の生徒も、二人とも息をひきとった。溝にうつ伏せになっている死骸を調べ終えた巡査が、モンペ姿の婦人のほうへ近づいて

23　幹部候補生　陸軍予備役の将校または下士官に志願し、選考に合格した者。　24　女子商業　広島女子商業学校。

25　モンペ　第二次世界大戦中は女性のふだん着として用いられた、足首の部分がすぼまったズボン。

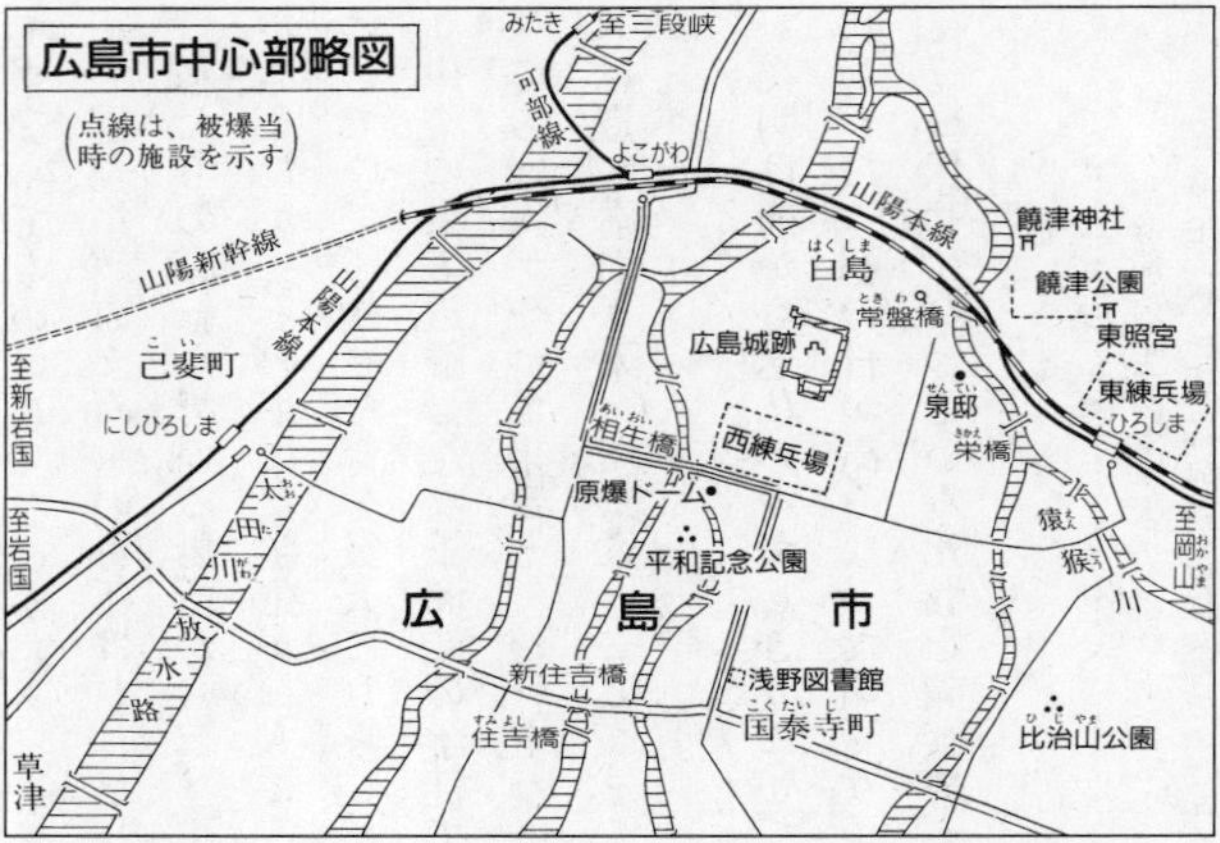

来た。これも姿勢を崩して今はこときれているらしかった。巡査[26]がハンドバッグを開いてみると、通帳や公債が出て来た。旅装のまま、遭難した婦人であることが分かった。

昼頃になると、空襲警報が出て、爆音もきこえる。あたりの悲惨醜怪さにも大分慣らされているものの、疲労と空腹はだんだん激しくなって行った。次兄の家の長男と末の息子は、二人とも市内の学校へ行っていたので、まだ、どうなっているかわからないのであった。人はつぎつぎに死んで行き、死骸はそのまま放ってある。救いのない気持ちで、人はそわそわ歩いている。それなのに、練兵場のほうでは、いまやけに嚠喨《りゅうりょう》[27]として喇叭《ラッパ》が吹奏されていた。火傷した姪たちはひどく泣き喚くし、女中はしきりに水をくれと訴える。いい加減、みんなほとほと弱っているところへ、長兄が戻って来た。彼は昨日は嫂の疎開[28]先である廿日市《はつかいち》[29]町のほうへ寄り、今日は八幡《やはた》[30]村のほうへ交渉して荷馬車を雇って来たのである。そこでその馬車に乗って私たちはここを引き上げることになった。

　馬車は次兄の一家族と私と妹を乗せて、東照宮下から饒津へ出た。馬車が白島《はくしま》から泉邸入口のほうへ来掛かった時のことである。西練兵場寄りの空き地に、見覚えのある、黄色の、半ズボンの死体を、次兄はちらりと見つけた。そして彼は馬車を降りて行った。嫂も私もつづいて馬車を離れ、そこへ集った。見覚えのあるズボンに、まぎれもないバンドを締めている。死体は甥《おい》の文彦《ふみひこ》であった。上着は無く、胸のあたりにこぶし大の腫れものがあり、そこから液体が流れている。真っ黒くなった顔に、白い

26 **公債**　国や地方自治体などが、財源を得るために金銭を借り入れることによって負う債務。ここでは、その証書。27 **嚠喨**　楽器の音がさえわたっている様子。28 **疎開**　戦時中、空襲の被害を避けるために、人や建物などを分散させること。29 **廿日市町**　現在の広島県廿日市市。30 **八幡村**　現在の広島市佐伯区の一部。

歯がかすかに見え、投げ出した両手の指は固く、内側に握り締め、爪が食い込んでいた。その側に中学生の死体が一つ、それからまた離れたところに、若い女の死体が一つ、いずれも、ある姿勢のまま硬直していた。次兄は文彦の爪を剝《は》ぎ、バンドを形見にとり、名札をつけて、そこを立ち去った。涙も乾きはてた遭遇であった。

　馬車はそれから国泰寺《こくたい》[31]のほうへ出、住吉《すみよし》橋を越して己斐《こい》のほうへ出たので、私はほとんど目抜きの焼け跡を一覧することができた。ギラギラと炎天の下に横たわっている銀色の虚無のひろがりの中に、道があり、川があり、橋があった。そして、赤むけの膨れ上がった死体がところどころに配置されていた。これは精密巧緻《こうち》な方法で実現された新地獄に違いなく、ここではすべて人間的なものは抹殺され、たとえば死体の表情にしたところで、何か模型的な機械的なものに置き換えられているのであった。苦悶《くもん》の一瞬あがいて硬直したらしい肢体は一種の妖しいリズムを含んでいる。電線の乱れ落ちた線や、おびただしい破片で、虚無の中に痙攣《けいれん》的の図案が感じられる。だが、さっと転覆して焼けてしまったらしい電車や、巨大な胴を投げ出して転倒している馬を見ると、どうも、超現実派[32]の画《え》の世界ではないかと思えるのである。国泰寺の大きな楠《くす》も根こそぎ転覆していたし、墓石も散っていた。外廓《がいかく》だけ残っている浅野図書館は死体収容所となっていた。道はまだ所々で煙り、死臭に満ちている。川を越すたびに、橋が落ちていないのを意外に思った。この辺の印象は、どうも片仮名で描きなぐるほうがふさわしいようだ。それで次に、そんな一節を挿入しておく。

ギラギラノ破片ヤ
灰白色ノ燃エガラガ
ヒロビロトシタ　パノラマノヨウニ
アカクヤケタダレタ　ニンゲンノ死体ノキミョウナリズム
スベテアッタコトカ　アリエタコトナノカ
パット剝ギトッテシマッタ　アトノセカイ
テンプクシタ電車ノワキノ

31 国泰寺　広島市中区中町にあった寺。原爆により堂舎は全焼した。32 超現実派　意識下の世界や、非合理的で幻想的な世界を表現しようとする芸術一派。二十世紀の芸術思潮の一つ。シュールレアリスム。

馬ノ胴ナンカノ　フクラミカタハ
プスプストケムル電線ノニオイ

倒壊の跡のはてしなくつづく道を馬車は進んで行った。郊外に出ても崩れている家屋が並んでいたが、草津[33]をすぎるとようやくあたりも青々として災禍の色から解放されていた。そして青田の上をすいすいとんぼの群れが飛んでゆくのが目にしみた。それから八幡村までの長い単調な道があった。八幡村へ着いたのは、日もとっぷり暮れた頃であった。そして翌日から、その土地での、悲惨な生活が始まった。負傷者の回復もはかどらなかったが、元気だったものも、食糧不足からだんだん衰弱して行った。火傷した女中の腕はひどく化膿し、蠅《はえ》が群れて、とうとう蛆《うじ》が湧くようになった。蛆はいくら消毒しても、後から後から湧いた。そして、彼女は一か月あまりの後、死んで行った。

この村へ移って四、五日目に、行方不明であった中学生の甥が帰って来た。彼は、あの朝、建もの[34]疎開のため学校へ行ったがちょうど、教室にいた時光を見た。瞬間、机の下に身を伏せ、次いで天井が落ちて埋もれたが、隙間を見つけて這い出した。這い出して逃げのびた生徒は四、五名にすぎず、他は全部、最初の一撃で駄目になっていた。彼は四、五名と一緒に比治山《ひじやま》[35]に逃げ、途中で白い液体を吐いた。それから一緒に逃げた友人のところへ汽車で行き、そこで世話になっていたのだそうだ。しかし、この甥もこちらへ帰って来て、一週間あまりすると、頭髪が抜け出し、二日くらいですっかり禿《はげ》になってしまった。今度の遭難者で、頭髪が抜け鼻血が出だすとたいがい助からない、という説がその頃大分ひろまっていた。頭髪が抜けてから十二、三日目に、甥はとうとう鼻血を出しだした。医者はその夜が既にあぶなかろうと宣告していた。しかし、彼は重態のままだんだん持ちこたえて行くのであった。

Nは疎開工場のほうへはじめて汽車で出掛けて行く途中、ちょうど汽車がトンネルに入った時、あの衝撃を受けた。トンネルを出て、広島のほうを見ると、落下傘が三

33 草津　広島市西区の一地区。　34 建もの疎開　空襲や火災などの被害を少なくするため、都市などに密集している建造物を取りこわすこと。　35 比治山　広島市南区にある比治山公園。

つ、ゆるく流れてゆくのであった。それから次の駅に汽車が着くと、駅のガラス窓がひどく壊れているのに驚いた。やがて、目的地まで達した時には、既に詳しい情報が伝わっていた。彼はその足ですぐ引き返すようにして汽車に乗った。すれ違う列車はみな奇怪な重傷者を満載していた。彼は街の火災が鎮まるのを待ちかねて、まだ熱いアスファルトの上をずんずん進んで行った。そして一番に妻の勤めている女学校へ行った。教室の焼け跡には、生徒の骨があり、校長室の跡には校長らしい白骨があった。が、Nの妻らしいものはついに見出《みいだ》せなかった。彼は大急ぎで自宅のほうへ引き返してみた。そこは宇品《うじな》[36]の近くで家が崩れただけで火災は免がれていた。が、そこにも妻の姿は見つからなかった。それから今度は自宅から女学校へ通じる道に斃れている死体を一つ一つ調べてみた。大概の死体がうつ伏せになっているので、それを抱き起こしては首実検するのであったが、どの女もどの女も変わりはてた相をしていたが、しかし彼の妻ではなかった。しまいには方角違いのところまで、ふらふらと見て回った。水槽の中に折り重なって漬かっている十あまりの死体もあった。河岸に懸かっている梯子《はしご》に手をかけながら、そのまま硬直している三つの死骸があった。バスを待つ行列の死骸は立ったまま、前の人の肩に爪を立てて死んでいた。郡部から家屋疎開の勤労奉仕に動員されて、全滅している群れも見た。西練兵場のものすごさといったらなかった。そこは兵隊の死の出であった。しかし、どこにも妻の死骸はなかった。

Nはいたるところの収容所を訪ね回って、重傷者の顔をのぞき込んだ。どの顔も悲惨のきわみではあったが、彼の妻の顔ではなかった。そうして、三日三晩、死体と火傷患者をうんざりするほど見てすごしたあげく、Nは最後にまた妻の勤め先である女学校の焼け跡を訪れた。

36 宇品　広島市南区の一地区。

審判《しんぱん》

武田《たけだ》泰淳《たいじゅん》

発表――一九四七（昭和二二）年
高校国語教科書初出――一九八三（昭和五八）年

角川書店『高等学校現代文』
教育出版『現代文』

私は終戦後の上海《シャンハイ》[1]であった不幸な一青年の物語をしようと思う。この青年の不幸について考えることは、ひいては私たちすべてが共有しているある不幸について考えることであるような気がする。少なくとも私個人として、彼の暗い運命はひとごとではないようである。会った時が敗戦直後であり、場所が国際都市であっただけに、彼の出現は一種啓示めいて、意義深く思われるのだ。

　終戦後一月ばかりは、掃除もしない、夏草の荒れるにまかせた洋館の庭に面し、私は私なりに考えつづけてはいた。ゼスフィールド公園[2]の前の市場へ買い物に出るほかは、ほとんど二階のベッドと下の応接間のソファーで重苦しい時間をすごしていた。買い物の往復に眼《め》にうつる街の風景は、もう自分とは全く関係のない速度で変化して

1 上海　中国最大の港湾都市。一九四九年以前はイギリス・フランス・アメリカ・日本など列強諸国が進出していた。 2 ゼスフィールド公園　上海市の西端にあった公園。現在の上海中山公園。

いた。青天白日旗[3]の下に貼り出される新聞やビラには、私をおびやかし、戒め、はてはあざ笑う文句が毎日増していた。行きつけのわんたん屋や、住宅区の門番、自転車修繕の子供など、いつもどおりおだやかに私をむかえてはくれたが、私自身はもはや客でも住民でもない、ある特別な哀れなる異国人というふうに自分をとりあつかった。「ユダヤ人という奴《やつ》は偉いと思うな。」と、友人の一人が言い出したこともあった。ユダヤ人や白系ロシア人[4]、祖国なしで上海の街に住みついている人種の身の上が、しきりとわが身とひきくらべられた。もうこれからは国家の保護なしで生きて行くとすれば、かつてはおもしろい奴らぐらいに眺めていたこれらの人種が、何か経験に富む大先輩のように想《おも》われるのも致し方なかった。日本人、ことに上海あたりに居留していた日本人は、もはやあきらかに中国の罪人にひとしい。中国ばかりではない、世界中から罪人として定められたと言ってよかった。戦争に負けて口惜《くや》しいと想うよりも、私は生まれてからこのかた経験したことのないほど、あまりにもハッキリと、世界における自分の位置、立場をみせつけられ、空おそろしくなるばかりであった。この上海はつまり世界であり、この世界の審判の風に吹きさらされ、敗滅せる東方の一国の人民が、醜い姿を消しやらずジッとしている。そのみじめさ。私には懺悔《ざんげ》とか、贖罪《しょくざい》とかいう、積極的な意志はうごかなかった。ただ滅亡せるユダヤの民、罪悪の重荷を負う白系ロシア人、それら亡国の民の運命が今や自分の運命となったのだという激しい感情に日夜つつまれていた。

「これからは憲兵[5]も領事館警察もない。自由なもんさ。」と言う友人の言葉もうなずけるにしても、歴史とか伝統とかが眼前に崩壊し、世界とか宇宙とかが、突然自分の周囲にたちはだかった驚きを、その言葉でどう始末するわけにもいかなかった。

「これからおもしろくなるんだ。俺はなんとかもぐり込んで、上海に残るさ。ポルトガルの国籍へはいったっていい。」ドイツ系ユダヤ人の女性と同棲《どうせい》しているその友は、ふてぶてしい笑いを浮かべて元気よく語った。その徹底した態度には私も好意がもてた。できたら私も外国人の家庭のボーイになってもいい、このままフランス租界[6]に残らしてもらおうか、と意気ごむこともあった。故国に妻子のない私は、漂泊の民とな

3 **青天白日旗**　中華民国国民党の党旗。青地の中央に太陽が白く染め出されている。　4 **白系ロシア人**　一九一七年のロシア革命後、国外に亡命したロシア人。　5 **憲兵**　旧日本軍内で警察の役割を果たした機関、また、それに携わる兵のこと。　6 **租界**　当時の中国の開港都市で、外国が行政権・警察権をもっていた地域。共同租界と各国専管租界があった。

ってユダヤ人の仲間入りするのがさして不自然とも思われなかった。「杉さんなら中国人になれる。中国人になってしまえば心配はいらないのに。」と、もと使っていたアマ[7]さんに言われたこともあった。しかしなぜか中国人になるのが気がすすまなかった。いずれにしても、日本人を廃業するという会話が平気で通用することに、私は底ぬけの自由を感ずるとともに、底ぬけの不安を感じた。いったいどうなるのかとわが胸に問うのは、これからさしあたって個人生活の問題が主であるにしろ、やはり日本人が地球のどこかで暮らしていく姿や動きがひろく心にかかっている証拠であった。そしてその姿や動きはどうひいきめに見ても、地獄の霧につつまれ、破滅の地鳴りにおびやかされていると思われた。

私はそんな沈んだ気分で聖書など読んでいた。その聖書はこの洋館の三階に住む日本人の老教師から借りたものであった。老教師は会うたびに、手持ちの品物を売りさばく話をした。「門番の奴、石鹼《せっけん》の金をまだよこしやがらない。」などと腹立たしそうに舌打ちした。砂糖やメリケン粉[8]や、鉄の寝台まで、門番の手を通じて金にかえるのに苦心していた。集中までに何とかして全部売りつくそうとするその老キリスト教徒の熱心に私はあきれるばかりだった。「聖書ですか。どうぞ。」老人は本を渡すとき、妙な苦笑をした。「砂糖の値は今いくらか知ってますか。どうもさがったらしくて。しまった、もっと早く売れればよかった。」と彼ははげた頭をなぜながら真剣になって言った。(この老人の息子こそ、私が物語ろうとする不幸な青年なのであるが。)

　私は雨の多い八月を、その聖書を読んで暮らした。そして「黙示録」[9]まで読みすすみ、七人の天使が吹きならすラッパにつれ、地上に降下する大災厄の段になると、これこそ日本の土地に現実に降りかかっているものだと感じた。ことについこの間の原子爆弾の恐怖が古い文字となってマザマザと示されているように思われた。

「第一の天の使《つかひ》らつぱを吹きければ血のまじりたる雹《ひよう》と火と地にふりくだり地の三分の一焼けうせ、また樹《き》の三分の一焼けうせ、すべての青草も焼けうせたり。第二の天の使らつぱを吹きければ火に焼くる大なる山のごときもの海に投げ入れられ海の三分の一血になりたり。海の中にある造られたるいきもの三分の一死に船三分の一やぶれたり。第三の天の使らつぱを吹きければ一つの大なる星ともしびのごとくに燃えて天

7 アマさん　旧時中国などで、外国人の家庭で雇われていた女性の使用人の俗称。　8 メリケン粉　小麦粉の俗称。
9 黙示録　新約聖書巻末の一書。終末を経て再び神の支配による新しい世界が出現するという。ヨハネ黙示録。

よりおつ、すなはち河の三分の一および水の源におちたり。この星の名はいんちんといふ。水の三分の一はいんちんのごとくにがくなれり、かく水のにがくなれるにより多くの人死ねり。第四の天の使らつぱを吹きければ日の三分の一、月の三分の一、星の三分の一みな撃たれてその三分の一すべて暗くなり昼三分の一光なく夜また光なし。われ見しに一つの鷲《わし》そらの中央を飛び大きなる声にて呼ぶをきく、曰《いは》く、後また三人の天の使らつぱを吹かんとするにより、地に住む者は禍《わざはひ》なるかな禍なるかな禍なるかな。」

爆撃の少ない上海にいたのでは、内地の惨状は想像するばかりだが、黙示録の描写は完全にそれを再現しているにちがいない。もしかしたら日本には第一のラッパが吹き鳴らされただけではないか。黙示録の大殺戮《だいさつりく》、第一から第七のラッパまでつづく、猛獣、毒虫、火、煙、硫黄の大破壊はこれからではないかと考え、その痛ましき限りの状態を瞼《まぶた》の下に浮かべると、私は残虐な戦慄《せんりつ》が身うちを走り、やがて不思議なおちつきに陥るのをおぼえた。私は最後の審判を信じはしないが、最後の審判によく似た事実が地上に引き起こされるのを否定できなかった。日本の破滅が神の裁きと考えはしないが、それでも黙示録の描写はそっくりそのまま今の日本にあてはまることを新しい発見のように感じた。国土破滅などは歴史上何回でもくりかえされる、その一つにすぎないということが、理屈でなく、なまなましい絵画となってここに示されているのに、悲しみにみちた感嘆をせずにはいられなかった。そして何回も何回も倦《う》まずにこの絵画的描写をよみかえすうちに、これからいったいどうなるのかという問いが、いらいらした表面的な絶望感でなく、多少底の深い、おちついた絶望感に変化していくのであった。

老教師の息子の二郎が現地復員して、三階の父の部屋にもどって来たのは、私がこのような心理状態にある時であった。

私は老人から、出征している息子について何度も話をきかされていた。学業を中途でやめて応召したこと、婚約の娘さんが上海にあること、最近負傷して入院中のことなど、老人はぐちともつかず、自慢ともつかず話した。私自身もその青年がこの家へもどってくるのを待ち望む心になっていた。青年学徒なら、敗戦のいたでも大きく、それだけ語りあう悩みも多かろうと想像されたからである。

10 いんちん　茵蔯。カワラヨモギの漢名。

老人の自慢の息子はたしかに立派な青年であった。むしろ立派すぎて意外なほどであった。「二郎、早く飯の支度せんか。」などと、貧相な父親に叱りつけられて、おとなしく動くのがおかしいくらい、背の高い、物腰のおちついた、大人びた若者であった。服装のこと、食事のこと、その他どんな細かいことでも老人の言いつけをよく守る、模範的な息子のように見うけられた。彼は兵士生活の間の苦しさやばかばかしさなども語りたがらず、敗戦についての感想もほとんどのべなかった。食堂での三人の雑談のときにも、老人は中国の新聞のニュースを読みあつめては慨嘆し、残念無念の表情を見せるのに、二郎の方はまるでそんな目まぐるしい移り変わりを気にせぬふうに時たまあいづちを打つ程度であった。私も一時は、二郎の若者らしくもない無関心さに不愉快になったほどであった。敗戦が何でもないとすれば、徹底した敗戦論者か、それともうんと軽薄な、その場あたりの子供じゃないか、などと私はいろいろ想いめぐらしたりした。しかし二郎は政治上の意見ものべず、悲苦の情もあらわさず、平々凡々と洗濯したり、食事の支度をするばかりで、本心らしいものを吐露しようとはしなかった。私と彼は一緒に市場へもでかけたし、公園にもはいり、何とはなしに時間をつぶすことはあった。そんな機会にも二郎は自分から何かと話しかけようとはせず、市場の雑踏や、夏草の上に影をおとす西洋風の植え込みや、藻の一面に浮いた池の方へ眼をなげかけているばかりであった。市場や公園へ行くといっても、今までいばり散らしていた日本人が一敗地にまみれ、喪家《そうか》の狗《いぬ》のごとき有り様は、たとえ市民がその眼で見ないにせよ、私自身の胸の中に暗いひけ目としてとどまり、神経がとがりがちであった。だが二郎の、我が水を泳ぐ魚のごとき何かかわりない態度につられ、いつか緊張がゆるんだ。何か達観か信念があるか、それともずばぬけて無神経でないかぎり、敗戦の苦しみは、互いにもらしあいたいはずであるのにと私はいぶかった。いぶかりながらも、私は二郎の平静がたのもしく、うらやましく、次第に彼が好きにならずにはいられなかった。キリスト教の救いにでも身をまかせているのかと、その方へ話を向けてみたこともあった。黙示録の一節を読んだ日の、あの感動も語ってみた。

「君はどう思うかな。日本は結局、この最後の審判の破滅をこうむっているんじゃないかね。まだまだラッパはこれから何度も吹き鳴らされるんじゃないかね。」

II　喪家の狗　人がやつれてしょんぼりとしていることのたとえ。『孔子家語』に「累然（疲れているさま）たること喪家の狗のごとし」とある。

「そうですね。」と二郎はすなおにその説に賛成した。それからしばらく芝生の上にのばした長い脚をもむようにしていた。ゆっくり考えてから答えるのが二郎のくせであった。「それはね、杉さん。僕はこのごろよく考えてるんですけれどね。」と彼はめずらしく意見をのべた。「破滅をこうむることはたしかにありますね。みんなが洪水に流されたりしてね。罰をうけることはありますね。しかし、その一人一人が平等に罰を受けるんでしょうか。まちがいなく罪の重さだけ各人が罰を受けるんでしょうか。その点が疑問なんですけどね。」二郎は議論めいて語調を強めるでもなく、おとなしく言った。

「そりゃそうだよ。罰が平等なんて俺だって考えないさ。今度だって家を焼かれたり、焼かれなかったり。一家全滅もあれば、生き残りもありね。」私は冗談のように軽く言ったが、二郎は微笑するだけで、その軽い調子に乗ってこなかった。私はいそいでつけ加えた。「俺のいうのは、破滅のはげしさだけなんだよ。神の裁きとか、公平な滅亡とか、そんな意味じゃないんだ。だが日本の破滅が最後の審判的だというだけの話さ。罰とか裁きとか、それは別問題さ。」

「それは杉さんの言う意味はわかりますよ。」と、二郎はゆっくり言った。「僕だって今度の破滅が神の審判だとは言い切れないし。ただ僕自身、最近は裁きということばかり考えているもんですから、それでつい。」二郎はそのまま口をつぐんで芝生に身を横たえてしまった。折から夏の太陽が雲にさえぎられ、芝生全体がサッと黒ずんだためであろうか、二郎の横顔が暗く沈んで見えた。

その日の会話以来、私は二郎が決して子供らしい無頓着で暮らしているのではないことを知った。それからまたキリスト教の救いの境地に安住しているのでないこともわかった。しかしどんな問題について、どういう考え方をしているのか、依然として知り得なかった。

何事も忘れやすく、最初から自分の感情を軽蔑する私ではあったが、敗戦のあたえた苦しさ、悲しさだけは容易に去らなかった。それにおさえつけられ身動きできない自分がみじめで、何とか身動きしたい、せめて考えの上だけでも身動きしたい、救われたいの一念であった。そのため二郎の気持ちをとやかく推しはかるひまもなかった。黙示録の破滅の情景のおそろしさなど心に刻んだりしても、信仰の世界にはいることはできず、その恐怖にくらべれば日本人の眼前にする現実はまだまだたいしたことはないのだと自分に言いきかせ、苦しまぎれのなぐさめの種にしているに過ぎなかった。

そうした一時のがれのなぐさめを、私自身いろいろ考案したし、友人からも聴こうとした。それでなければ、はずかしさと気落ちで、生理的にもまいりそうであった。敗戦という事実より何かもっと悲しい苦しい事実を身ぢかに見つけて気をまぎらせるのも一方法と思われた。しかしそんなものが急に見つかる道理もなかった。自分が癩《らい》[12]病《びょう》であるか、失恋でもしていたら、多少敗戦の暗さに打ちひしがれずに、癩病なり失恋なりにとりまぎれていられるのに、とまで思った。しかしその二つとも私には持ちあわせがなかった。

友人たちは友人たちで、めいめい私同様、苦悩を何とか解決しようとあせっている。それが言葉のはしはしでよく読みとれた。（一郎は例外であったけれども。）それは互いにかえりみて、無理な強がりや、腰の座らぬ決心ばかりで苦笑ものであった。それでもみんなは、そんな役にもたたぬ強がりや決意をのべたて、ともかく在外日本人という色のはげたレッテルを意地汚くなでなおす行為をやめなかった。例のドイツ系ユダヤ人と同棲した友人などは、ある日、エネルギー不滅説のような議論を持ち出したことがあった。「何もくよくよすることないさ。」私と自分に元気をつけるように彼は説明した。その説によれば、日本が亡びるのはたいしたこっちゃない、世界全体から見れば問題にならぬ小事実だという結論になっていた。

「この人類の世界というものはだね。」と彼はモシャモシャした頭髪をかきあげながら言った。「そもそもたくさんの国々が亡びることによって、つづいているようなもんなんだ。国なんて奴は、一度かならず亡びるもんなんだからな。スパルタ[13]、カルタゴ[14]、ローマ、みんなそうだ。支那[15]だって、春秋戦国時代[16]の国は一つ残らず亡んだんだからな。亡ぶことによって他の国々は亡びないですむんだ。その亡びないですんだ国々も時がくればかならず亡ぶんだ。ところがつぎからつぎへと個々の国々が亡ぶことによって、この人類全体の世界は支えられ、つづいているんだからな。一国が亡びることは、それだけのエネルギーの消滅のように見えるが、実は人類全体のエネルギーは不変不滅なのさ。それは物理的に見て、宇宙のエネルギーが不変不滅であるのと、

12 **癩病**　ハンセン病。癩菌による慢性の感染症。皮膚に結節・斑紋ができる。当時は不治の病とされていた。
13 **スパルタ** Sparta　ドーリア人の建設した古代ギリシアの都市国家。アテネを破りギリシアを支配したが、紀元前三七一年、テーベに敗れ衰退した。14 **カルタゴ** Carthago　フェニキア人がアフリカ北部に建設した都市国家。紀元前一四六年、ローマに敗れて滅亡。15 **支那**　中国。日本において、第二次世界大戦末まで一般的呼称として用いられた。16 **春秋戦国時代**　紀元前七七〇年の周の東遷から紀元前二二一年の秦始皇帝による天下統一までをいう。

ちょうどおんなじなんだ。だから日本が亡びるということはちっともおどろくにあたらんのさ。日本やドイツが亡びようと、人類全体のエネルギーは微動だにしない、不変なのさ。もちろん、亡びないでいたって何でもないことだけどね。人間物理の法則でそうなるだけのことでね。国なんて奴がたくさん並立してる以上、絶対的に全部の国が存続するなんてことあり得ないさ。つまり絶対的に存続するものなんて、あるはずがないんだからな。個々の国々の滅亡はむしろ世界にとっては栄養作用でね、それを吸収して人類全体の存続が保証されてるようなもんなんだからな。」

聴いている私はもちろんその奇妙な議論に圧倒された。話している友人自身が、話の内容のばかげた大きさに自分ながらけおされ、興奮した話しぶりになった。一国だけとりあげ、それの滅亡を時間的に考えれば悲苦に沈まなければならん。それは今日の日本人には実際やりきれない、だから世界全体を空間的にながめ、その存続をひとまとめに考えるようにすれば気は楽になる、というのが彼の論拠であった。私もハッキリしないが、その説明で少し肩のこりがとれたような気がした。

その時、二郎もその場に居あわせた。二郎はいつもどおり静かに相手の説に傾聴していた。時々感嘆したように吐息をついたりした。そして友人の説明がおわると、言いしぶるのを無理に発言するようにしてたずねた。

「日本が亡びるのはたいしたことじゃないということは、それでもよくわかりますけどね。」二郎は相手の気にさわらぬような、やわらかい物の言い方をした。しかし若者らしい熱心さはよくあらわれていた。「それで万事解決できるでしょうか。」

「え？　そりゃ解決できるだろう。ただここまで考えられないだけの話でね。考えてもその考えを持ちこたえられないだけの話さ。この考えが日常もちこたえられれば、日本人くさいちっぽけななやみなんか消しとんじまうと思うな。」と友人は断言した。

「ええ、それはそうですけど。ただ日本人一人一人の場合ですね。自分自分としてどうなんでしょうか。」友人の断言にためらいながらも二郎は言いつづけた。「その説明ではかたづかないものがあるんじゃないでしょうか。つまり日本が亡びる場合、いや亡びる亡びないにかかわらず、自分だけが持っている特別のなやみのようなもの、それはその説明でうまく納得できないと思うんですけど。そういう悩みと、国が亡びるという事実との関係ですね。そこんところが、僕にはどうもよくわからないんですけど。そういう悩みから見れば、『国が亡びることはたいしたこっちゃない』という説明さえも、もはや何でもないような、そういう悩みですね。そういうものを日本人の中でも持ってる者がいると思うんですけど。」

「そりゃいったい何です？　そんなものあるかなあ、たとえばどんなもの？」

「たとえば、まあ個人にあたえられる裁きのようなもんですけど。」

「裁き？　裁きって何？　法の裁きかい？　それとも神の裁き？」

「ええ、形はともかくとして自分の上に下される裁きの問題です。」

「どうも君のいうこと、よくわからんけど。僕はまあ今のところ、ここまで考えればあとは万事問題ないと思うんだがなあ、裁きにしろ何にしろだよ。だってこれ以上、今の僕たちには考えられないじゃないか。何をどう悩むにしたところでさ。」友人はめんどうくさそうにそれで議論を打ち切りにしてしまった。二郎もそれ以上しつこくたずねることはしなかった。ただ何か考えあぐね、とまどっている風が私にはよく見てとれた。もちろんその迷いの内容はわかるはずもなかったけれども。


私は二郎をまだまだそう不幸な男だとは考えていなかった。彼の父、みじめな老教師の惑乱ぶりにくらべれば、前途有望な彼などは、むしろ恵まれすぎていると言った。ことに彼には実に美しい婚約者がいた。私は二郎の恋人の鈴子さんがはじめて訪ねて来た時にはちょっと驚かされたものだ。[17]虹口《ホンコウ》地区だけでも女の一人歩きは気づかわれている中を、パッと人眼をひく美しい彼女が、よくフランス租界のはずれまで来たものだと感心させられた。それだけ二郎を愛していたのであろう。二郎の方からもでかけていることは、その時の二人の話しぶりでよくわかった。話しあう二人の楽しげな姿は、湿った暗い気分を解放する新鮮な光にみちていた。おだやかに笑う二郎には秘密の影などまるでありそうに見えなかった。鈴子さんは、父上が幼稚園を経営していられたとかで、たくさんの子供たちの世話をして暮らしていたためか、気さくで、明るく、だれでも好きにならずにはいられないタイプのひとであった。私はこの陰鬱な季節に、このような美しい乙女に愛されている二郎をつくづくうらやましいと感じた。両方の父親がキリスト教徒である関係上結びついた婚約らしく、はたの眼にも清純そのものに見えた。

十月になると中国側の命令で、私たちは全部虹口へ集中した。二郎は父の学校関係の知人の住宅に父と住むことになった。しかし私のもとを週に二、三回はかならず訪ねて来た。当時は二郎ばかりでなく、集中させられてかえって往来が便利になったた

17 虹口地区　上海の共同租界にあった繁華街の一つで、日本人が多く居住した。

めか、私の住む小さな裏部屋には、いつも二、三人の友人がつめかけていた。ほとんど毎晩のように泊まり客があり、私自身も方々へ泊まりに行った。朝から酒を飲んでいる日が多く、勝手な放談で時をすごしていた。二郎はそんな席に鈴子さんを連れてはいってくることがあった。二人が仲良く連れだって歩いて行く姿をよく街で見かけた。二人はもう若夫婦といった格好であった。

私自身は金に窮したあげく、下の主人のすすめで[18]華文の代書をはじめていた。中国側に提出する書類の数は多く、代書商売は案外に繁盛した。工場の閉鎖、商店の接収、帰国の手続きなど仕事はたえなかった。そしてこの商売は私にヘンな影響をあたえた。虹口に移り住み、周囲が同じ運命の日本人ばかりになってからは、それでなくとも、フランス租界に淋《さび》しく住んでいた時の心理状態がかなり変化しだしていた。あきらめはいつかずうずうしさにかわり、あわただしさにとりまぎれて深刻な絶望が次第にうすれはじめた。友人どうしの慨嘆もひととおり出つくし、茫然《ぼうぜん》としていた文化人仲間も再びあくせくと神経を働かしはじめた。虹口はたしかに猥雑《わいざつ》で、せまくるしい居留民社会であった。最初は久しぶりで日本人仲間へもどったわずらわしさがイヤであった。それにも、やがてなれた。いやらしい集中地区内のゴテゴテも自分たちの身から出た問題だと、うけとるようになった。自分たちの体臭をひがな一日嗅《か》がされている辛さはあっても、自分たちの醸し出した匂いとしてすましてしまうクセがついた。まるでなっていない利己的な会話にさえ、肉親的のわかりやすさがあり、フンと聴きすてにできなくなった。自分がやはり漂泊の民でなく、ユダヤ人的、白露人[19]的な徹底した態度がとれぬ以上、このお仲間にはいるより仕方ない。そして恥ずかしい話ではあるが、最後の審判のあの怖《おそ》るべき絶滅の炎の下に、案外涼しい空間が残っているとすれば、それを利用してあいもかわらずケチな生存をつづけてもいいではないか、とまで考え出すのであった。ことに代書の依頼人には商人が多く、敗《ま》ければ敗けたでの生活力は、とても簡単に軽蔑できるものでなかった。彼らのどこか世の中のからくりに合っている自信が、私を圧倒した。血まなこな気のくばり方は、亡国の哀愁とはかかわりなげであった。そしていつしか私も、その雰囲気にむされ、かつての厳粛な気分がうすれていくのをとどめようがなくなっていた。うす笑いの軽薄を知っているくせに、そのうす笑いをやめられない男のように、私は自分の変化をどう始末することも

18 **華文** 中国語。 19 **白露人** 白系ロシア人。

できず、にがにがしく眺めやるばかりだった。

「人間て奴は、たとえどんな下劣な環境においてでも、それに適応して生きてくのかね。」私はふてくされたように、二郎に向かってそんな話をしたこともあった。

「俺はこのごろ、深刻な絶望なんか消えちまったな。自分でもイヤなんだけどね、けっこう楽しんでばかりいるよ。」

「そうですか。」と二郎は言った。「僕はかえってこのごろの方が、まじめに考えるようになりましたよ。やっぱり恋愛しているからかもしれないけど。」例によってわざとらしさのない、考え深い口調であった。

　そう言われてみると二郎の表情には正月前から、きまじめな憂愁の影が濃くなっていた。恋する人とむつみ合っているのに、はなやいだところがなかった。それは彼独特の性格から来ているにしても、それだけとは考えられなかった。私は正月に二郎と共に鈴子さん一家を訪れたが、その時の彼の態度にも少し尋常でない風が見えた。鈴子さんの父上は二十年以上も上海[20]で薬種商をされた方で、熱心なキリスト教徒だった。新教[21]の方であるが、その白髪白髯《はくぜん》のいかめしい顔つきはカソリック[22]の牧師に似ていた。両親とも東北雪国の人によく見かける彫りの深い、血色のよい顔だちであった。なごやかな家庭であった。正月らしい楽しい気分の裡《うち》で、母上は故郷の話などした。「冬になると鮭《さけ》をたくさんソリにのせてね、ギーコギーコ、ギーコギーコひいてくんですの。」風邪で寝ていた母上は寝床の中でゆっくりした調子で言い、遠い雪国の正月のことなど想い出しているらしかった。ギーコギーコの音の表現が東北の風物をしのばせるのんびりした調子で、そのおもしろさに鈴子さんは「フフ」と笑い、父上もつりこまれて笑いながら「そうだったなあ。」とあいづちを打った。物価高の話も、帰国後の生活不安の話もなく、ゆったりした気分は、私には久しぶりであったため、ことに印象が深かった。しかし二郎だけはその場の空気にそぐわぬ気むずかしげな面持ちをあらためなかった。

「あなたのお父さんみたいに、ああヤキモキしても仕方ないよ。世の中のことはそんなに騒がないでもかたづくもんですからな。」鈴子さんの父上は二郎に向かってそんな注意もした。それは二郎の父を批判するというよりやはり二郎そのものに向けられ

20 薬種商　漢方薬の材料を商う人。　21 新教　キリスト教のカソリック（旧教）から分離した諸教派のこと。プロテスタント。　22 牧師　一般的にプロテスタントでは牧師だが、カソリックでは、神父という。

ているらしいふしがあった。「神さまにおまかせしなくてはね。」父上は二郎をなだめすかすように、やさしく言われた。二郎は別に反対はしなかった。そのかわりそれらの言葉を耳に入れているかどうか疑われるくらいの無感動を示していた。その無感動は、側にいた私がもう少し何とか表情をゆるめられないかと思うほど、きついものであった。自分だけの考えにふけっている、それも石の壁に面しているようなむずかしい対象につかみかかっている、そのための無感動と思われた。

私と二人で教会へ行った時にも、彼の無感動を私は見せられた。その日は二人とも教会へはいる気はなかったのであった。ただ寒風の吹きすさぶ崑山路《クンシャンル》を歩いていて二人はフトその教会の前に立ちどまった。赤煉瓦《あかれんが》の古い建物の中から賛美歌の合唱がもれていたからである。すると石段の上に立っていた中年の中国婦人が私の腕をとって静かに石段を登り、入口まで案内してくれた。中にいた案内役が同様に二人をみちびいて後方の席に座らせてくれた。信者はみな質素な身なりで、おとなしやかに座っていた。市民のなかでもケバケバしい新調の服装をした青年男女や、荒々しく罵りさわぐ人夫や小売商人などを見なれた目には、異様なほど静寂であった。歌がおわると若い牧師が説教をした。雄弁で子供や老人をよく笑わせたが、すこし雄弁すぎる気がした。また歌になり、老牧師が起《た》ち上がると懺悔であった。椅子にギッシリつまった老幼男女はめいめい低い声で懺悔をつぶやきはじめた。すすり泣くように、風がかすかに渡るように、それらの声が堂の中にみちた。みな上海語であろうが、言葉というよりは、吐息、ざわめき、音としてきこえた。それがおわると「イエスを信じますか。」と一声高く老牧師がたずねた。聴衆はいっせいに「信じます。」と答え右手を挙げた。私はうっかりして挙げなかった。二郎も挙げなかった。老牧師は私たちの方をジロリと眺めたらしかった。彼は祈りの文句をとなえ、再び歌の合唱をさせた。それからまた「イエスを信じますか。」とたずねた。私は聴衆にならって手を挙げた。二郎はやはり挙げなかった。老牧師はのびあがるようにしてこちらを眺めてから「そこの日本人はイエスを信じますか。」と鋭くたずねた。すると私の側にいた普通の支那服の青年が「ハイ、彼は信じています。」とかわって上海語で答えてくれた。牧師はそれ以上追求しなかった。二郎はそれらのことが自分に関係のない風にジッと無感動に下うつ向いたままでいた。「君はガンコだな。とうとう手を挙げなかったじゃないか。」と、外へ出てから私が言った。「別にガンコで挙げなかったわけじゃないですよ。ただほかのことを考えていたもんだから、それで。」と彼は気にもとめずに答えた。

二月になって、私は彼の口から鈴子さんとの婚約をとりやめにしたむねを聴かされた。理由は別に語らなかった。説明しにくいことだから、とだけ言った。私も問いただすのも大人げないと、そのままに聴き流した。私が街で鈴子さんに会った時に二郎のことにふれると、おびえたような、あわてた返事で話をそらしてしまった。二郎の老父にも会ったが「若い者のやることはわかりません。どうしようもないわさ。」と腹立たしげに言うばかりで、事の真相はわからなかった。その時、二郎の父は、自分たち二人は次の船で日本に帰国するつもりだと私に告げた。それは全く私には意外だった。それまで二郎は少しも帰国の意志を私にもらしたことはなかった。なぜ急に私たちに先だって帰るのか一切不明であった。そのころでは二郎はもう私の部屋へも顔を見せなくなっていた。二郎の気持ちをたしかめようにもその機会がなかった。二郎のことだから漠然と去るわけはない、私はいささか不安であった。二日ばかり楊樹浦《ヤンシユーブー》の友人の家で泊まり明かして帰宅すると、下の主人は私にぶ厚い手紙をわたした。二郎からのものであった。私はいそいで封を切った。読んでいる間、裏部屋の寒さを感じなかった。読み終わると、冷たい壁にもたれ、手足を動かす気もなくなった。それから毛布をかぶり、電灯の下で、もう一度ゆっくりその手紙を読みなおした。

二郎の手紙

『私はあなたにあててこれを書き残すことにしました。御承知かもしれませんが父と私は明日帰国することになりました。しかしこの手紙は帰国に先だってあなたとお別れするための挨拶ではありません。私は一人だけある理由によって帰国しないことにきめました。父はもとよりこれを知りません。私は明日、帰国者が集中する場所から姿を消すつもりです。それ故、帰国はしないでも、あなたともうこれでお目にかかれますまい。この手紙を読まれれば私が帰国しない理由はおわかりでしょう。それは終戦後ずうっと私の頭を占めていた問題であります。つまりおそらくはあなたが疑念を抱かれていたにちがいない、私の態度の原因の説明であります。私が裁きを気にかけていた理由とも言えましょう。裁きがあるものかないものか、私にはまだわかりません。ただそれが気にかかる以上、あると言った方がよいのかもしれません。私は戦地で殺人をしました。戦争である以上、戦場で敵を殺すのは別にとりたてていうほどのことでもありますまい。兵士としては当然の行為でしょう。しかし私の殺人は、私個人の殺人でした。兵士であった私というより、やはり私そのものが敢《あ》えてした殺人なのです。私はもちろん自分が一生のうちに、自分の手で人を殺すことがあろうなどと思ってみたこともありませんでした。兵士になってからも、最初のうちは人を殺す手段方法ばかり教えられ、毎日その練習ばかりしていることを異様に思えたくらいですから。私は時々、帯剣のさやをはらったり、三八式銃[23]の銃身をなでながら、これで人を殺すことになった自分をよくたしかめてみたものでした。その自分は母の手で育てられ、高等教育を受けた昔ながらの自分なのです。しかし軍隊はあくまで軍隊であり、殺人を必要とします。私は自分がどうもただの市民くさくて、兵士らしくないのを恥じたこともあります。ことさらに荒々しく敵を殺せる男であるように努めました。勇敢、犠牲、献身、無我、その他いろいろ青年の心をさそう美徳を自分の身につけること、それは死をおそれず敵を殺すことであるように思われました。私たちは未教育の補充兵[24]でしたから、兵士になり切れない、あまり役にたたぬ兵士でした。現役兵[25]にはそれでも内務のきびしい規律がありますが、私の方ときたら一人前のはたらきはできないくせに、一人前以上の欲望やわがままを持っています。故郷では妻子もあり立派に暮らしているはずなのに、戦場では自分をみちびいてゆく倫理道徳を全く持っていない人々が多かったのです。住民を侮辱し、殴打し、物を盗み、女を姦《おか》し、家を焼き、畠《はたけ》を荒らす。それらが自然に、何のこだわりもなく行われました。私には住民を殴打したり、女を姦したりすることはできませんでした。しかし豚や鶏を無断で持ってきたりしたことは何度もあります。無用の殺人の現場も何回となく見ました。武器を自由勝手にとりあつかい、誰もとりしまる者のない状態、その中で比較的知的訓練のない人々がどんなことをはじめるか、正常の生活にいるあなたがたには想像できますまい。法律の力も神の裁きも全く通用しない場所、ただただ暴力だけが支配する場所です。やりたいだけのことをやらかし、責任は何もありません。この場所では自分がその気になりさえすれば、殺人という普通ならそばへもよれない行為が、すぐ行われてしまうのです。一昨年の四月ごろ私はA省の田舎町にいました。戦闘もなく兵站《へいたん》[26]の仕事もなく、けだるい日々がつづきました。ある日、分隊長は私たち二十名ばかりをつれ、町はずれへ出ました。町には住民は全くおりません。付近の農民が時たま姿を見せるばかりです。雨がとだえた季節で、街道には白い埃《ほこり》が積もり、馬や牛の屍《しかばね》な

23 三八式銃　三八式歩兵銃。明治三十八年に採用された旧陸軍の銃。24 補充兵　軍隊で欠員が生じた時、また、戦時に補充のために召集された兵。当時の兵役は、常備兵役、後備兵役、補充兵役等の区別があった。25 現役兵　常備兵役に服し、部隊に配属されて常時軍務についていた兵。26 兵站　後方で物資の補給などに当たる機関。

どの匂いが流れています。食糧をあさるのが任務ですが、多少緑の樹々のある畑地帯を歩きまわる楽しみもありました。それから「討伐」[27]の目的もあり、マッチ工場の倉庫が発火したり、架橋したばかりの木橋のそばで火災がおきたりして、多少警戒心もありました。それも日本兵の過失やら、放火やら、雲をつかむような事実だし、敵の部隊と正面衝突したら、補充兵部隊で何ができるか、あやしいものでした。冒険的な遊びと言った方がよいでしょう。煉瓦《れんが》塀《べい》をめぐらした豪農の家、赤や緑に塗りたてた廟《びょう》[28]など、みな人影もなく荒れはてています。その路《みち》が広漠たる春の枯れ野に入ろうとするところで、二人の農夫らしい男がこちらに向いて歩いて来ました。二人は私たちの姿をみとめるとちょっと立ちどまりましたが、またスタスタ歩いて来ます。一人は小さな紙製の日の丸の旗を持っています。私たちも立ちどまって待っていました。二人はそばへ来ると笑顔でみんなに挨拶しました。分隊長は一人の差し出す紙片を受けとって読みあげました。それはこの二人を使っていた日本の部隊長の証明書でした。よく自分の隊で働いた善良な農夫であり、これからもとの村へ帰してやるところであるから、途中の日本部隊は保護せられたい由が記されてありました。分隊長は専門学[29]校出の曹長《そうちょう》[30]でした。大阪の大地主の息子で、時たま物わかりの良いかわり、時たまわがままな大男でした。「よしよし。」彼は二人に通過してよろしいと申しわたしました。二人は何度も頭を下げてから嬉《うれ》しそうに歩き出しました。二人が歩き出すと分隊長はニヤリと笑い、小さな声で「やっちまおう。」と側《そば》にいる兵士にささやきました。「おりしけ！」[31]と彼は声を殺して命令しました。兵士たちはあわてて自分勝手に銃をかまえました。二人は着ぶくれた藍色の服の背をこちらに向け、日の丸の紙旗を風に吹かせながら、何も知らぬげに歩いて行きます。「あたるかな。」などと、兵士たちは苦笑したり顔をゆがめたりしながら射的でもやるようにして発射命令を待っています。私も銃口のねらいをつけました。まだ二、三百メートルですから、いくら補充兵の弾丸でも、誰かのがあたるのはわかり切っています。私は銃口をそらそうかとも考えました。射《う》たないでおこうかとも考えました。しかしその次の瞬間、突然「人を殺すことがなぜいけないのか。」という恐ろしい思想がサッと私の頭脳をかすめ去りました。

27 **討伐**　ここでは中国軍ゲリラに対する掃討作戦のこと。28 **廟**　道教や儒教、民間信仰の神や祖先の霊などを祭ったほこら。29 **専門学校**　ここでは旧学制下で、専門教育を行った学校。30 **曹長**　旧陸軍下士官の一つ。軍曹の上。31 **おりしけ**　折り敷きの構えを命ずる号令。折り敷きは左ひざを立て、右ひざをついて銃でねらう構えをとること。

自分でも思いがけないことでした。今すぐ殺される二人の百姓男の体が少しずつ遠ざかって行くのをジリジリしながら見つめ、発射の音をシーンとした空気の中で耳に予感している間に、その異常な思想がひらめきました。それが消え去ったあとに、もう人情も道徳も何もない、真空状態のような、鉛のように無神経なものが残りました。人情は甘い、そんなものは役にたたぬという想いも、何万人が殺されているなかのホンのちょっとした殺人だという考えも、およそ思考らしいものはすべて消えました。そしてただ百姓男の肉の厚み、やわらかさ、黒々と光る銃口の色、それから膝の下の泥の冷たさなどが感ぜられるだけでした。命令の声、数発つづく銃声、それから私も発射しました。一人は棒を倒すように倒れました。もう一人は片膝ついて倒れましたが、ヒェーッという悲鳴をあげ、私たちの方をふり向きました。愚かな顔が悲しげにゆがんで見えましたが、すぐ上半身をふせてしまいました。バラバラと兵士たちはかけて行きました。私は自分の弾丸がたしかに一人の肉体を貫いていると感じました。一人はまだ手足をピクピク動かしています。弾丸のはいった口は小さくすぼまり、出た口の方は大きく開いています。胸や脚にあたった弾丸は横ざまに肉に食い入り、銃口の数倍もある裂け目がうす赤く見えました。倒れた体に銃口をつけたまま、なお二、三発とどめが発射されました。あとで聴くと、兵士のうちの四、五名は発射しないか、発射してもわざと的をはずしていました。私と同じ小屋に寝る兵は「俺にはあんなまねできないよ。イヤだイヤだ。」と告白しました。睡《ねむ》るまえに彼は私に「君は射ったか。」とたずねました。「射った。」と答えると意外だという表情で驚きました。「射ったよ。人を殺すことがなぜいけないのかね。」と私はなおも言いました。彼は顔色をちょっとかえ、不快な面持ちで毛布にもぐりこみました。私はランプの明かりの中で自分が暗い、むずかしい、誇張して言えば恐ろしい顔つきになっているのに気づきました。だが私は自分を残忍な男とはみとめませんでした。部隊の移動、連日連夜の仕事の疲れなどで、私は自分の殺した男の顔はおろか、殺したことそのものまで忘れてしまいました。そしてまもなく、もう一つの、集団的でない、私一人の殺人を行ったため、なおのことこの時の印象はうすれました。人間が殺人について、または生物を殺すことについて、まじめに考えるのは殺す瞬間だけなのかもしれません。私は自分が十四、五のころ、空気銃でガマ[32]を射ったことをおぼえています。私はむしろ子供時

32 ガマ　ガマガエル。

代から、猫や犬をいじめたり、生き物を殺すのはきらいでした。臆病なくらいイヤでした。しかしそのころ、物理化学をならい、物質はすべて原子でできているという理論が強く私の頭を支配したのです。つまり原子に還《かえ》してしまえば生物も何もない。神聖なる生も微分子に分解すれば単なる物だという考え、それが私には私流に妙な影響をあたえました。この「物」にすぎない奴をどうあつかおうがなんらおそれることはない。生物を殺すなんて悪でもなければ罰もない、分解するだけの話だと考えていました。しかしそれはあくまで考えただけで、私の感情はその考えにいつも反抗していました。あいかわらず殺すことはイヤだったのです。そしてある日私は春の池で鳴いているガマの醜い体を空気銃で射ちました。もちろん身ぶるいのようなものが走りました。二、三発つづけて射たぬとガマは死にません。私は真剣な顔つきで、敢えて自分の定理を試すかのように感情を押しころし、鉛のたまをあの黄色の泡をたてたような気味悪いガマの腹に射ちこみました。自分の感情を支配してしまう決意、ともかく無理をおし切ってやる気持ちです。百姓の背中を射った時にも、それによく似た一種の無理な気持ちがありました。その気持ちをいだいた時の感覚だけがポツンと残っていました。そのうち私たちはもっと前線の、見わたすかぎりの麦畠の地帯へ進出しました。細い一本の兵站線が村から村へ、広漠たる平原を貫いています。その路も、トラック隊が麦畠の乾いた土の上にあるかなきかに車輪でつけた跡で、前線部隊の移動が終わったあとは、五十名ばかりの兵が私たちの小さな部落に残されていました。村の家屋も泥壁、村をとりまく防壁も泥でした。ただ村長の家だけが石造りで、そこには石でたたんだ望楼《ぼうろう》[33]があり、朝など登ると麦畠が紫色にかすむのが、はるか彼方《かなた》まで見わたせました。村の裏にはちぢれた高粱《コーリヤン》[34]が少し青い葉をのばし、小山のほとりには緑色の葡萄《ぶどう》の樹などあります。そのほかは一面、土の肌ばかりがどこまでもつづいています。兵士たちはどこからか黒豚を追い出して来たり、納屋の奥で見つけた紅《あか》い房つきの槍《やり》をふりまわしたり、バクチの金を賭《か》けるよりほかは仕事がありません。住民の姿がないので、まるで砂漠にとりのこされた旅人のようです。夜になると遠くの村で犬の遠吠えがきこえだします。それが次第に近くの村までつたわって来ると、そのうち思い出したようにピューンと一発チェッコ銃[35]の音がして、石の壁にあたることな

33 望楼　遠方を見わたせるやぐら。　34 高粱　中国東北部で主に栽培されるモロコシの一種。　35 チェッコ銃　旧チェコ・スロバキア製の小銃。中国兵が使用していた。

どがありました。私はある日、兵站本部の伍長《ごちょう》[36]とほかに四、五人の兵と共にかなり離れた隣の部落まで行きました。大根や蕪《かぶら》をさがす目的です。酒好きの伍長で、もとは左翼の人だったらしいことが酔うとわかりました。低い丘の上にあるその部落は前日、密偵の潜入をふせぐため私たちの手で焼き払ったあとでした。しかしまだ燃え残っていた小屋があり、それにまた火を放ちました。伍長と私は他の者が乾燥し切った畠から、それでも大根らしいものを持ち去ったあとも、その辺を歩きまわっていました。すると裏手にほかとはなれて一軒の小屋、実にみじめな小屋が燃えずに立っているのを見つけました。そしてその小屋の前には老人が二人うずくまっていました。白髪の老夫婦でした。動けないのか、二人だけよりそって地面にしゃがみ込んでいるのです。丘の上の藁《わら》ぶき小屋の群はもう焼け落ちて、赤い炎も吐かず、こげ臭い煙だけがこちらへ流れて来ます。老夫は盲目でした。老婦はつんぼ[37]だったようです。どうしてつんぼのことがわかったか、声をかけて返事をしないためだったか、それともそんな気がしただけだったのか、私はおぼえていません。ひどいボロの支那服につつまれた小さな体は、もう死んでいるようにグタリとしていますが、本能的な恐怖のため、たしかに慄《ふる》えています。前日の焼き打ちのあと、村人が連れて逃げることもせず、おいてけぼりにされたのでしょう。今では顔は忘れましたが、二人とも上品に見えました。伍長は「オヤ、なんだ、まだ人間がいたのか。どうしたんだろう。とりのこされたんだな。死んじまうぞ、このままじゃ、どうせ。」と言いました。そして「チョッ。」と舌打ちすると、それを見たくないふうにサッサとそこを立ち去りました。私はなおも老夫婦を見つめたままでいました。「どうせ死んじまうのかな。」私は銃を握りしめながら考えました。「きっとこのままじゃ餓死するだろうな。もうこうなったら、いっそひと思いに死んだ方がましだろうに。」私は老夫婦を救い出す気は起こりませんでした。ただ二人はこのままもう死を待つばかりだろうと漠然と感じました。いつか私を見舞った真空状態、鉛のように無神経な状態がまた私に起こりました。「殺そうか。」フト何かが私にささやきました。「殺してごらん。ただ銃を取り上げて射てばいいのだ。殺すということがどんなことかお前はまだ知らないだろう。やってごらん。何でもないことなんだ。ことにこんな場合、実際感情をおさえることすらいらないんだ。

36 伍長　旧陸軍下士官の一つ。軍曹の下。37 つんぼ　耳が聞こえないこと、また、その人。かつて「つんぼ」という語は、しばしば、聴覚障害者に対する差別的な意味合いを込めて用いられた。

自分の手で人が殺せないことはなかろう。ただやりさえすればいいんだからな。自分の意志一つできまるんだ。そのほかに何の苦労もいらんのだ。」伍長が立ち去ったあと、この地球上には私と老夫婦の三人だけが取り残されたようなしずけさでした。五月二十日の午後です。かすかに靴の下の土が沈み、風がゲートル[38]をまいた足のあたりを吹き抜けたらしい。私は立ち射ちの姿勢をとりました。老夫の方の頭をねらいました。二人は声一つたてません。身動きもしません。ひきがねの冷たさが指にふれました。私はこれを引きしぼるかどうかが、私の心のはずみ一つにかかっていることを知りました。やめてしまえば何事も起こらないのです。ひきがねを引けば私はもとの私でなくなるのです。その間に、無理をするという決意が働くだけ、それできまるのです。もとの私でなくなってみること、それが私を誘いました。発射すると老夫はピクリと首を動かし、すぐ頭をガクリと垂れました。老婦はやはりピクッと肩と顔を動かしたきりでした。それは睡っていた牛が急に枝から落ちた木の実で額を叩《たた》かれたような鈍い反射的な動きでした。「とうとうやったな。」いつのまにか伍長が私から五歩ばかりの所へ来ていました。「若い奴にはかなわん。」彼は黒い、いかつい顔に善良そうな弱々しい微笑を浮かべていました。私はそのまま後をも見ずに、その小屋の立っている丘の傾斜を降りて行きました。ある定理を実験したような疲労、とうとうやってしまったという重量のある感覚が私の四肢を包みました。その時も私は自分を残忍な人間だとは思いませんでした。ただ何か自分がそれをあえてした特別な人間だという気持ちだけがしました。隊に帰っても誰にも話しませんでした。伍長もそのことにはふれません。それからいろいろな土地へ行き、何度も死にそうな目に遭いましたから、終戦まで一年半ばかり、私はほとんどその行為を真剣に思い出すひまはありませんでした。ただ時々、夜など淋しい場所に一人いる時、その老夫の顔をおぼえているかどうか試していることがあります。全然おぼえがないのです。小さな顔だったような気がします。死んだ時の表情も苦しさが見えなかったことだけおぼえています。自分が恐怖を感じないのはなぜかとも考えます。わかりません。今度の場合も、不安や恐怖は残らなかったのです。終戦後、戦争裁判の記事を私は毎日のように読んでいます。その裁判にひき出された罪者は、まさか自分が裁かれる日が来るとは思っていなかったにちがいありません。自分の上に裁きの手がのびる

38 ゲートル　布を巻きつけて足首からひざ下までを覆ったもの。軍隊などで多く着用された。

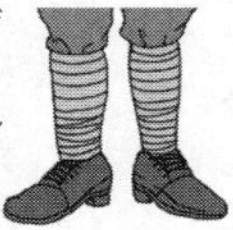
ゲートル

こと、否、裁き、どんな形ででも裁きというものを思いうかべたことすらなかったでしょう。それでなければあれほど大量に残虐な殺人行為はできるはずはないからです。罰のない罪なら人間は平気で犯すものです。しかし罰は下りました。殺人者の罰せられる日が来たのです。私は考えました。自分は少なくとも二回は全く不必要な殺人を行った。第一回は集団に組して命令を受けたのだとしても、第二回は完全に自分の意志で、一人対一人で行ったものだ。しかも無抵抗な老人を殺した。自分は犯罪者だ、裁かるべき人間だ、と。しかし私は平然としている自分に驚かねばなりませんでした。私は自分の罪が絶対に発覚するはずのないことを知っていたからです。伍長は半年ほどまえ戦病死しました。地球上で、あの殺人行為を知っているのは私だけなのです。その私ですら、被害者の名も身元も知らず、顔すらおぼえていないのです。今では何もかも模糊《もこ》たるものです。池に投じた石は沈み、波紋も消え、池の表面は何事もなかったように平らかです。私は自分がいかなる精密な戦犯名簿にも漏れる自信がありました。この行為のただ一つの痕跡、手がかり、この行為から犯罪事件を構成すべき唯一の条件は、私が生きているということだけです。問題は私の中にだけあるのです。あなたも気づかれたように、私は裁きのことを時々口にしました。しかしその時でさえ私は自分が絶対に裁かれまいと憎むべき安心を持っていたのです。私には鈴子がありました。鈴子と私は愛しあっていました。二年近くはなれていたため、二人の恋情は燃えさかっています。あの終戦直後の混乱の中でも二人はあいびきをつづけました。虹口とフランス租界、その間には熱狂した中国の民衆がひしめきあっているのに、二人にはそれが別の世界のようにさえ思われました。あの絶望的な灰色の時の流れが私たちの小さな幸福を、かえってきわだたせてくれたのでしょう。「あなたと一緒なら、わたし何も怖くないわ。」とよりそう彼女を私は全くかわいい女だと思いました。虹口へ集中してからは、もし帰国が遅延するようなら両親の許しを得て、二人だけでどこかの裏部屋暮らしをしようとまで相談していました。二人はよく同棲してからの楽しさを語りあいました。持ち物を売るよりほか収入の道のない私たちなのに、彼女は「いいわ、二人で働けばいいわ。」などと元気よく言いました。私が熱を出した時など、もう奥さんにでもなったようすで「おとなしく寝ていらっしゃい。キッスしてあげるからね。」などと半日枕もとに座っていたりしました。私はある日、寝ながら、こんなに愛しあっていて、一緒に暮らすようになり、そして老年に至るまでの二人のことを考えていました。二人とも丈夫で、幸福で、やがて老人になる、そして、などと自分の楽しさを味わっていたのです。その時突然、私は自分の射殺した老人夫婦のことを想い出しました。そして私が老夫だけを殺して、あとに老婦を残しておいたことに気づきました。おそらくは老婦も数日後に死んでしまったでしょう。生きていられるわけもなく、生きるつもりもなかったでしょう。いずれにしても悲惨な運命です。もとは幸福に暮らしていたのかもしれない。愛しあって結婚したのかもしれない。ことによると、あの燃え落ちくすぶる村の片隅で地面にへばりついてよりそっている時にも、二人は愛しあっていたのかもしれない。おそろしい気配を身ぢかに感じながらも、互いによりそうことで最後のなぐさめあいをしていたのかもしれない。それにひきかえ自分たちは、と私は思いました。すると私は、あの老夫婦のように自分たちもなるのではないかという気持ちにギュッとつかまれました。私たちが年老い、私が盲目になる、鈴子がつんぼになる。そして私たちの住む部落が焼かれ、二人だけで地面に座り込んでいる。すると足音がきこえ、人声がする。どこかほかの国の兵士がすぐそこまで来ている。しかし私は身うごき一つできずに慄えている。すると、かつての私とよく似た外国兵士は何の気なしに銃をとりあげる。そして私がかつて考えたと同じことを考える。同じように発射。弾丸は私の頭に命中する。老婆となった鈴子はピクッと肩と顔を動かす。そのまま声も出さずにジッとしている。夜が来る。誰一人救いに来る者はない。そんな情景がハッキリ目に浮かびました。そうなるかもしれないな、と私はひとりごちました。しかし恐怖の念はいだきませんでした。自分が強度の近視眼であること、年老いれば盲目になるかもしれぬと医師から注意されていることなど苦笑とともに想い出しはしましたが。ただ鈴子のことを考えた場合、サッと冷水をあびせられる感じがしました。それは私をおびやかす力がありました。ばかばかしいとは考えても、鈴子と会ったあとなどフトこの考えの影が射します。自分の身の上には無責任でいられても、鈴子を不幸にはできません。それが私を暗くさせました。鈴子は無心に愛してくれても私の実態を知らないのです。私は、事実を話さないでも二人の仲はうまくゆくとは思いました。しかし話した方が良いのだ、という声がありました。「話す」ことには無理があり、抵抗があります。しかしそれをやってしまいたい気持ちが常にうごきました。ちょうどガマを殺す前、老人の頭に向かってひきがねを引く前と同じです。話さないでおけばそのままです。だがそのままですまされないある不思議な衝動がありました。あなたと二人で教会へ行った時にも、鈴子の家庭を訪れた時にも、私は自分ひとりこの考えにふけっていました。その考えのもたらす緊張に身を委《まか》せていたのです。そのためつい無表情になったり、とまどったりしました。

正月すぎてから鈴子と私は映画を見に行きました。「硫黄島」[39]というアメリカの天然[40]色映画でした。海の色、砂の色、血の色、みな灼《や》きつくように鮮明で、凄壮な写真でした。もちろん実写です。アメリカの上陸用舟艇が海岸に密集する、負傷者が血まみれになって担がれてくる、砂穴に向かって火炎放射器の恐ろしい火光が流れる。服の焼けただれた日本兵が逆さに砂の傾斜をずり落ちて来る。鈴子はギュッと私の腕の肉に爪を立てたほどです。科学の偉力を発揮した近代的な修羅場です。やがて戦闘は終わります。硫黄島には異様な白煙がたちこめ、破砕した舟艇や砲が激浪に洗われています。汗と泥にまみれたアメリカ兵が砂原に集まりました。兵の一人が立ってバイブルを読みます。兵士たちはひっそりと聴き入っています。裸の肩や腕を南の太陽が照らしています。私は深刻な感動をうけました。そしていつかのような精神の真空状態、鉛のような無神経のまま外へ出ました。日は落ち、賑《にぎ》やかな街路には灯火が冷たく輝いています。私はいつか冷酷と言ってよい強烈な気持ちになっていました。事実を目のあたり見せられた驚きに、鈴子はすっかりおびえていました。私は平常は歩かないクリーク[41]ぞいの路をえらびました。そこには監獄のように無気味な屠《と》殺場《さつば》があり、肉運搬人が血にぬれた前掛けをつけて群がっています。血の流れ込んだクリークは黒緑色の水に縞《しま》模様を溶かし、下手には棺を幾つも積んだ舟が何日も同じ場所に泊まっています。彼女が怕《こわ》がりはせぬかと今までは避けていた路です。なぜかその路へ足が向きました。一度あった事実はあくまで事実だ、容易に消えるものでない。何かそんな金言めいた想いがねばりつきました。私は例の「話」をせねばならぬと決心しました。「君にぜひとも話しておかなきゃならないことがある。」と私は言いました。「何なの？」鈴子は寒そうにちぢめた肩をよせかけて歩きました。「どこかで暖まりましょうよ。」「いや、歩きながらの方がいいんだ。ちょっと話しにくいことだからね。」私は立ち止まって彼女の顔を正面から見ました。「僕が人を殺した話なんだ。」「なーに？　いやねえ、急に、そんな。冗談よしてよ。」彼女はおびえた表情で笑いました。私はまじめな話であることを説明してから一気にしゃべりました。彼女は私の腕にしがみついていました。途中で一度「イヤ、おやめになって。」と頼みました。しかし

39 硫黄島　小笠原諸島の南西約二〇〇キロメートルにある列島の主島。第二次世界大戦末期、日米両軍による激戦があった。40 天然色映画　カラー映画。41 クリーク creek　灌漑・輸送用の小運河。中国の華中・華南地域に多い。

私はかまわず終わりまで自分の感情の底をさらけ出して話しました。できるだけ正確に、注意ぶかく。彼女が恐怖と嫌悪におそわれているのがよくわかりました。「どう思う?」と私はたずねました。「こわいわ。」彼女の声はかすれていました。「どうしてあなたがそんなことなさったのかしら。信じられないわ。」「僕だって今考えると、なぜ自分があんなことしなきゃならなかったかわからないよ。しかし事実はあくまで事実なんだからな。それにね、これは想像だよ、想像だけれどね、一度あったことは二度ないと言えないんだからね。今でこそ後悔している。二度とはしまいと思っている。しかしそれは法律の裁きもあり、罰の存在する社会にいるからのことでね。また同じような状態に置かれたとき、僕がそれをやらないとは保証できないんだからね。」「あなたって、そんな怖ろしい方かしら。そんなはずないと思うわ。」「そりゃ僕だって自分がそんなおそろしい人間だとは思っていないさ。しかし一度だけは確かにそれをやったんだからね。」「もうおやめになって!」彼女は悲しげな声で叫びました。それは意地悪された少女、ひどい仕打ちをうけた幼女のようにいたましげでした。私は自分が予想外に強い打撃をあたえてしまったことを知りました。私は話しおわってから「これでも僕を愛してくれる?」とたずねるつもりでした。そして「愛しますわ。」という答えをもらって円満に解決するつもりでした。しかし惑乱した彼女の姿を見ては、すでにそれも不可能でした。甘い言葉でかたづかないもの、やさしい情愛で包みきれぬもの、冷えた石か焼けた鉄のようなものを、私は自分の手で二人の間に置いたも同然でした。打ちしおれた鈴子を家まで送りとどけると、別れの挨拶もそこそこに私はそこを離れました。私はその夜、彼女が両親を前にして、どんなに心乱れながら座っているか想像ができました。彼女は自分の老父母を眺めながら、私の銃口の前によりそっていた老夫婦を想い出し、そしてその老夫婦の命を奪った私におどろきあきれ、そして自分がその犯罪人の妻とならんとしている恐るべき事実に思い至ったでしょう。けれども彼女は私を愛さねばならぬと自分に言いきかせるでしょう。そうしなければあの方はあんまりおかわいそうだ。あの方を嫌ってはいけない。守ってああげしなくてはいけないと、彼女は自分を努めはげましているでしょう。そして明日にでも会えば、ことさらいそいそと私をいたわってくれるかもしれない。しかしそれはすでに今までの彼女ではありますまい。明日をも知れぬ病人を見守るけなげな看護婦、嫌われ者の子をなぐさめる気の良い母親も同様ではありませんか。真情とともに技巧が、恋のかわりに忍耐が彼女を支えるだけのこと。彼女の眼中には銃口を老人の頭に擬した私の姿が永久に消えないのです。私は彼女に犠牲を強いるのはいやです。私の裁判官であるとともに弁護士でもあるような妻と暮らすのがどんなに堪えがたいか。私は一晩中、なやみ苦しみました。三日目に彼女の方から心配して訪ねて来ました。しかし両方ともに口がうまくきけませんでした。私たちの仲は終わったのだと言うと、彼女は涙をうかべて「いいえ、そんなことは。」となだめてくれました。だがその声は疲れはてた人のようでした。気まずく別れるばかりでした。私は今や自分が裁かれたのだと悟りました。自分の手で裁いたのだと思いました。鈴子を失うことは致命的です。しかし失うようにせずにはいられなかったのです。私は鈴子に正式に婚約を破約するむねを言いわたしました。私には鈴子を失った悲しみとともに、また自分はそれを敢えてしたのだという痛烈な自覚がありました。そして今までにない明確な罪の自覚が生まれているのに気づきました。罪の自覚、たえずこびりつく罪の自覚だけが私の救いなのだとさえ思いはじめました。それすら失ってしまったら自分はどうなるか、とその方の不安が強まりました。自殺もせず、処刑もされず生きて行くとすれば、よりどころはこれ以外にないのではないでしょうか。一月ばかりして鈴子の父上が見えました。子細は鈴子から聴いたと言われました。君の苦しみはよくわかる、鈴子との婚約を打ち切りたいなら打ち切ってもよい。それで君は今後どうするつもりか、とたずねられました。私は、中国にとどまるつもりだと答えました。日本へ帰り、また昔ながらの毎日を送りむかえしていれば、再び私は自分の自覚を失ってしまうでしょう。海一つの距離ばかりではありません。自覚をなくさせる日常生活がそこに待ち受けているからです。私は自分の犯罪の場所にとどまり、私の殺した老人の同胞の顔を見ながら暮らしたい。それはともすれば鈍りがちな自覚を時々刻々めざますに役立つでしょうから。裁きは一回だけではありますまい。何回でも、たえずあるでしょう。しかもひとはそれに気づきません。裁きの場所にひき出される時だけ、それにおどろくのです。私はこれから自分の裁きの場所をうろつくことにします。こんなことをしたからとて、罪のつぐないになるとは私は考えていません。しかし私はそうせずにはいられません。贖罪の心は薄くても、私は自分なりにわが裁きを見とどけたい心は強いのです。自分の罪悪の証拠を毎日つきつけられている生活、それも一つの生活にはちがいありません。そして結局どうなるかわかりません。しかし私のような考えで中国にとどまる日本人が一人ぐらいいてもよいではありませんか。その答えをきくと、鈴子の父上は微笑されました。そして、「君のような告白を私にした日本人はこれで三人目だ。」と言われました。「方法はちがうが、みんな自覚を守りつづけようとしていなさる。」そう言って父上は帰られました。私は自分が一人でないことを喜びました。どんな愚かな、まずいやり方でも、ともかく自分を裁こうとしている仲間のいること、それに今まで気づかなかったことを私は不思議に思います。いつかあなたは最後の審判の話をされましたね。日本の現状を私は知りません。しかし私の現状は、まさに第一のラッパが吹きならされ、第一の天使の禍は降下したようです。いずれ第二、第三も降下するでしょう。そして私はこれを報告できる相手としてあなたを友人として持っていたことを無限に感謝致します。多くの仲間は報告すべき相手を持たず、今なお闇黒《あんこく》の裡《うち》に沈黙しているでしょうから。』

夏《なつ》の葬列《そうれつ》

山川《やまかわ》方夫《まさお》

発表――一九六二（昭和三七）年

高校国語教科書初出――一九七六（昭和五一）年

学校図書『高等学校現代国語一改訂版』

海岸の小さな町の駅に下りて、彼は、しばらくはものめずらしげにあたりを眺めていた。駅前の風景はすっかり変わっていた。アーケードのついた明るいマーケットふうの通りができ、その道路も、固く舗装されてしまっている。はだしのまま、砂利の多いこの道を駆けて通学させられた小学生の頃の自分を、急になまなましく彼は思い出した。あれは、戦争の末期だった。彼はいわゆる疎開児童[1]として、この町にまる三か月ほど住んでいたのだった。——あれ以来、おれは一度もこの町をたずねたことがない。その自分が、いまは大学を出、就職をし、一人前の出張がえりのサラリーマンの一人として、この町に来ている……。

東京には、明日までに帰ればよかった。二、三時間は充分にぶらぶらできる時間が

1　疎開児童「疎開」は戦時中、空襲の被害を避けるために、人や建物などを分散させること。児童は保護者と、あるいは児童だけで、縁故にたよって移住したり、学校単位で集団疎開をしたりした。

ある。彼は駅の売店で煙草《たばこ》を買い、それに火を点《つ》けると、ゆっくりと歩きだした。

夏の真昼だった。小さな町の家並みはすぐに尽きて、昔のままの踏切りを越えると、線路に沿い、両側にやや起伏のある畑地がひろがる。彼は目を細めながら歩いた。遠くに、かすかに海の音がしていた。

なだらかな小丘の裾、ひょろ長い一本の松に見覚えのある丘の裾をまわりかけて、突然、彼は化石したように足をとめた。真昼の重い光を浴び、青々とした葉を波うたせたひろい芋畑の向こうに、一列になって、喪服を着た人びとの小さな葬列が動いている。

一瞬、彼は十数年の歳月が宙に消えて、自分がふたたびあのときの中にいる錯覚にとらえられた。……呆然《ぼうぜん》と口をあけて、彼は、しばらくは呼吸をすることを忘れていた。

濃緑の葉を重ねた一面のひろい芋畑の向こうに、一列になった小さな人かげが動いていた。線路わきの道に立って、彼は、真っ白なワンピースを着た同じ疎開児童のヒロ子さんと、ならんでそれを見ていた。

この海岸の町の小学校（当時は国民学校といったが）では、東京から来た子供は、彼とヒロ子さんの二人きりだった。二年上級の五年生で、勉強もよくでき大柄なヒロ子さんは、いつも彼をかばってくれ、弱むしの彼をはなれなかった。

よく晴れた昼ちかくで、その日も、二人きりで海岸であそんできた帰りだった。行列は、ひどくのろのろとしていた。先頭の人は、大昔の人のような白い着物に黒っぽい長い帽子をかぶり、顔のまえでなにかを振りながら歩いている。つづいて、竹筒のようなものをもった若い男。そして、四角く細長い箱をかついだ四人の男たちと、その横をうつむいたまま歩いてくる黒い和服の女。……

「お葬式だわ。」

と、ヒロ子さんがいった。彼は、口をとがらせて答えた。

「へんなの。東京じゃあんなことしないよ。」

「でも、こっちじゃああするのよ。」ヒロ子さんは、姉さんぶっておしえた。「そしてね。子供が行くと、お饅頭《まんじゆう》をくれるの。お母さんがそういったわ。」

「お饅頭？　ほんとうのアンコの？」

「そうよ。ものすごく甘いの。そして、とっても大きくって、赤ちゃんの頭ぐらいあるんだって。」

　彼は唾をのんだ。

「ね。……ぼくらにも、くれると思う？」

「そうね。」ヒロ子さんは、まじめな顔をして首をかしげた。「くれる、かもしれない。」

「ほんと？」

「行ってみようか？　じゃあ。」

「よし。」と彼は叫んだ。「競走だよ！」

　芋畑は、真っ青な波を重ねた海みたいだった。彼はその中におどりこんだ。近道をしてやるつもりだった。……ヒロ子さんは、畦道《あぜみち》を大まわりしている。ぼくのほうが早いにきまっている、もし早い者順でヒロ子さんの分がなくなっちゃったら、半分わけてやってもいい。芋のつるが足にからむやわらかい緑の海のなかを、彼は、手を振りまわしながら夢中で駆けつづけた。

　正面の丘のかげから、大きな石が飛び出したような気がしたのはその途中でだった。石はこちらを向き、急速な爆音といっしょに、不意に、なにかを引きはがすような烈《はげ》しい連続音がきこえた。叫びごえがあがった。「カンサイキだあ。」と、その声はどなった。

艦載機[2]だ。彼は恐怖に喉がつまり、とたんに芋畑の中に倒れこんだ。炸裂《さくれつ》音が空中にすさまじい響きを立てて頭上を過ぎ、女の泣きわめく声がきこえた。ヒロ子さんじゃない、と彼は思った。あれは、もっと大人の女のひとの声だ。

「二機だ、かくれろ！　またやってくるぞう。」奇妙に間のびしたその声の間に、べつの男の声が叫んだ。「おーい、ひっこんでろその女の子、だめ、走っちゃだめ！　白い服はぜっこうの目標になるんだ、……おい！」

白い服――ヒロ子さんだ。きっと、ヒロ子さんは撃たれて死んじゃうんだ。

そのとき第二撃がきた。男が絶叫した。

彼は、動くことができなかった。頬《ほ》っぺたを畑の土に押しつけ、目をつぶって、けんめいに呼吸をころしていた。頭が痺《しび》れているみたいで、でも、無意識のうちに身体《からだ》

2　艦載機　軍艦に積載される航空機。航空母艦に搭載されるものを「艦上機」といい、それ以外の軍艦に搭載されたものを「艦載機」と呼んだ。

を覆おうとするみたいに、手で必死に芋の葉を引っぱりつづけていた。あたりが急にしーんとして、旋回する小型機の爆音だけが不気味につづいていた。

突然、視野に大きく白いものが入ってきて、やわらかい重いものが彼をおさえつけた。

「さ、早く逃げるの。いっしょに、さ、早く。だいじょぶ?」

目を吊《つ》りあげ、別人のような真っ青なヒロ子さんが、熱い呼吸でいった。彼は、口がきけなかった。全身が硬直して、目にはヒロ子さんの服の白さだけがあざやかに映っていた。

「いまのうちに、逃げるの、……なにしてるの? さ、早く!」

ヒロ子さんは、怒ったようなこわい顔をしていた。ああ、ぼくはヒロ子さんといっしょに殺されちゃう。ぼくは死んじゃうんだ、と彼は思った。声の出たのは、その途端だった。ふいに、彼は狂ったような声で叫んだ。

「よせ! 向こうへ行け! 目立っちゃうじゃないかよ!」

「たすけにきたのよ!」ヒロ子さんもどなった。「早く、道の防空壕《ごう》に……。」

「いやだったら! ヒロ子さんとなんて、いっしょに行くのいやだよ!」夢中で、彼は全身の力でヒロ子さんを突きとばした。「……向こうへ行け！」

悲鳴を、彼は聞かなかった。そのとき強烈な衝撃と轟音《ごうおん》が地べたをたたきつけて、芋の葉が空に舞いあがった。あたりに砂埃《ぼこり》のような幕が立って、彼は彼の手で仰向けに突きとばされたヒロ子さんが、まるでゴムマリのようにはずんで空中に浮くのを見た。

葬列は、芋畑のあいだを縫って進んでいた。それはあまりにも記憶の中のあの日の光景に似ていた。これは、ただの偶然なのだろうか。

真夏の太陽がじかに首すじに照りつけ、眩暈《めまい》に似たものをおぼえながら、彼は、ふと、自分には夏以外の季節がなかったような気がしていた。……それも、助けにきてくれた少女を、わざわざ銃撃のしたに突きとばしたあの夏、殺人をおかした、戦時中の、あのただ一つの夏の季節だけが、いまだに自分をとりまきつづけているような気がしていた。

3 防空壕　空襲から避難するために、地面を掘って作った穴。

彼女は重傷だった。下半身を真っ赤に染めたヒロ子さんはもはや意識がなく、男たちが即席の担架で彼女の家へはこんだ。そして、彼は彼女のその後を聞かずにこの町を去った。あの翌日、戦争は終わったのだ。

芋の葉を、白く裏返して風が渡って行く。葬列は彼のほうに向かってきた。中央に、写真の置かれている粗末な柩《ひつぎ》がある。写真の顔は女だ。それもまだ若い女のように見える。……不意に、ある予感が彼をとらえた。彼は歩きはじめた。

彼は、片足を畦道の土にのせて立ちどまった。あまり人数の多くはない葬式の人の列が、ゆっくりとその彼のまえを過ぎる。彼はすこし頭を下げ、しかし目は熱心に柩の上の写真をみつめていた。もし、あのとき死んでいなかったら、彼女はたしか二十八か、九だ。

突然、彼は奇妙な歓《よろこ》びで胸がしぼられるような気がした。その写真には、ありありと昔の彼女の面かげが残っている。それは、三十歳近くなったヒロ子さんの写真だった。

まちがいはなかった。彼は、自分が叫びださなかったのが、むしろ不思議なくらいだった。

――おれは、人殺しではなかったのだ。

彼は、胸に湧きあがるものを、けんめいに冷静におさえつけながら思った。たとえなんで死んだにせよ、とにかくこの十数年間を生きつづけたのなら、もはや彼女の死はおれの責任とはいえない。すくなくとも、おれに直接の責任がないのはたしかなのだ。

「……この人、ビッコ[4]だった？」

彼は、群れながら列のあとにつづく子供たちの一人にたずねた。あのとき、彼女は太腿《ふともも》をやられたのだ、と思いかえしながら。

「ううん。ビッコなんかじゃない。からだはぜんぜん丈夫だったよ。」

一人が、首をふって答えた。

では、癒《なお》ったのだ！　おれはまったくの無罪なのだ！

彼は、長い呼吸を吐いた。苦笑が頬にのぼってきた。おれの殺人は、幻影にすぎな

4 ビッコ　片方の足に障害があること。

かった。あれからの年月、重くるしくおれをとりまきつづけていた一つの夏の記憶、それはおれの妄想、おれの悪夢でしかなかったのだ。

葬列は確実に一人の人間の死を意味していた。それをまえに、いささか彼は不謹慎だったかもしれない。しかし十数年間もの悪夢から解き放たれ、彼は、青空のような一つの幸福に化してしまっていた。……もしかしたら、その有頂天さが、彼にそんなよけいな質問を口に出させたのかもしれない。

「なんの病気で死んだの？　この人。」

うきうきした、むしろ軽薄な口調で彼はたずねた。

「この小母《おば》さんねえ、気違いだったんだよ。」

ませた目をした男の子が答えた。

「一昨日《おととい》ねえ、川にとびこんで自殺しちゃったのさ。」

「へえ。失恋でもしたの？」

「バカだなあ小父《おじ》さん。」運動靴の子供たちは、口々にさもおかしそうに笑った。「だってさ、この小母さん、もうお婆《ばあ》さんだったんだよ。」

「お婆さん？　どうして。あの写真だったら、せいぜい三十くらいじゃないか。」

「ああ、あの写真か。……あれねえ、うんと昔のしかなかったんだってよ。」
洟《はな》をたらした子があとをいった。
「だってさ、あの小母さん、なにしろ戦争でね、一人きりの女の子がこの畑で機銃で撃たれて死んじゃってね、それからずっと気が違っちゃってたんだもんさ。」

葬列は、松の木の立つ丘へとのぼりはじめていた。遠くなったその葬列との距離を縮めようというのか、子供たちは芋畑の中におどりこむと、歓声をあげながら駆けはじめた。

立ちどまったまま、彼は写真をのせた柩がかるく左右に揺れ、彼女の母の葬列が丘を上って行くのを見ていた。一つの夏といっしょに、その柩の抱きしめている沈黙。彼は、いまはその二つになった沈黙、二つの死が、もはや自分のなかで永遠につづくだろうこと、永遠につづくほかはないことがわかっていた。彼は、葬列のあとは追わなかった。追う必要がなかった。この二つの死は、結局、おれのなかに埋葬されるほかはないのだ。

——でも、なんという皮肉だろう、と彼は口の中でいった。あれから、おれはこの傷にさわりたくない一心で海岸のこの町を避けつづけてきたというのに。そうして今日、せっかく十数年後のこの町、現在のあの芋畑をながめて、はっきりと敗戦の夏のあの記憶を自分の現在から追放し、過去の中に封印してしまって、自分の身をかるくするためにだけおれはこの町に下りてみたというのに。……まったく、なんという偶然の皮肉だろう。

やがて、彼はゆっくりと駅の方角に足を向けた。風がさわぎ、芋の葉の匂いがする。よく晴れた空が青く、太陽はあいかわらず眩《まぶ》しかった。海の音が耳にもどってくる。汽車が、単調な車輪の響きを立て、線路を走って行く。彼は、ふと、いまとはちがう時間、たぶん未来のなかの別な夏に、自分はまた今とおなじ風景をながめ、今とおなじ音を聞くのだろうという気がした。そして時をへだて、おれはきっと自分の中の夏のいくつかの瞬間を、一つの痛みとしてよみがえらすのだろう……。

思いながら、彼はアーケードの下の道を歩いていた。もはや逃げ場所はないのだという意識が、彼の足どりをひどく確実なものにしていた。

夜よる

三み木き 卓たく

発表——一九七二（昭和四七）年

高校国語教科書初出——二〇〇三（平成一五）年

筑摩書房『国語総合』

「それがあなた、原子なんですよ。原子破壊ですよ。」戦闘帽[1]をかぶった男がいった。向きあって立っている鞄《かばん》を持った男は頷《うなず》いた。薄暗くて顔はよく見えなかった。「これは」戦闘帽の男は声をひそめていった。「ひょっとするとひょっとしますな。」二人は階段に足をかけたまま動かなかった。「そう。そうですか。」鞄を持った男はしばらくうつむいておどろきをこらえているようだったが、やがて顔をあげるといった。「本当なら勿論《もちろん》そうでしょうな。理論は聞きかじったことがありますけれども。」「そういうことなんだそうですね。」戦闘帽の男は頷いた。「わたしは何も知りやしませんがね。とにかく信じられないような数字をいってましたよ。」鞄を持った男ははじめて笑いを浮べた。照れ臭そうな笑いだった。「情勢がこうなると今度はあっちの方が心配ですなあ。それじゃ。」「じゃ。」

1 戦闘帽 旧日本軍がかぶったカーキ色の帽子。第二次世界大戦中は、一般人もかぶった。

戦闘帽

停止していた映画フィルムがまた回転しはじめた時のように二人は不意に動き出し、一人は上へ、一人は下へと別れた。階段は日没直後の薄暮の光を、あかりとりの細長い窓から浴びていた。かなり暗かった。尿と黴《かび》の匂いがした。少年は四階から五階のあたりをのぼっている戦闘帽の男の跫音《あしおと》を聞いていた。曳《ひ》きずるような響きは、上方に行くにしたがって明るみの多く残っている階段の空間にこだましていた。どこか投げやりな感じがした。やがて鉄の扉が悲鳴をあげて開き、閉じるガーンという音がした。その瞬間からまた静寂がもどってきた。

少年はしばらく佇《たたず》んでいたが、やがてコンクリートの階段の手摺《てすり》に抱きつくように跨《また》がって三階から二階へと滑り降りた。多少恐《こわ》いが気分はよかった。本当は身体《からだ》を逆に入れ換え、上体を起して正面をむいて尻で滑りたい。しかしそれは小学生にはまだ難しすぎる。屋上まであがって、一番下の階まですべってみようかと思ったが、何となく気がすすまなかった。

いったい何のはなしだったのだろう？

少年は首をかしげた。けだるい植民地[2]の夏休みの夕暮だった。淡い灰色の淀《よど》んだ光が次第に濃くなっていった。今の戦闘帽の男も鞄を持った男も、少年の父親が勤務している植民者たちのための新聞社の社員だということは少年も知っていた。かれらは片方が勤務が終り、片方がこれから勤務に就くという時に階段ですれちがったのだ。ポケットに手をつっこんで中のラムネ玉[3]をじゃらじゃらと鳴らし、また暫《しばら》く立っていた。脇の下がじっとりと汗ばんでいるのを感じ、自分がすこし緊張していることに気づいた。少年は、二、三度跳びはねた。ラムネ玉がじゃらついた。自分の家の鉄扉の細い隙間から馬鈴薯《ばれいしょ》と玉葱《たまねぎ》を煮る匂いが漂ってきた。階段に腰を下し、目をつぶって匂いをすいこんだ。人参《にんじん》が入っているかどうか、かぎわけられるだろうか。だしになるのは鶏肉《とりにく》か、それとも豚肉か。おれの鼻は優秀なのだ。とくに腹がへれば、ますます研ぎすまされるのだ。

また跫音がした。目をあけて逆光の黒い人影がのぼってくるのを見た。父親だった。かれは前かがみにかがんで、ズボンのポケットに手を入れ、何かを考えこむようにしながら階段を昇って来た。少年は声をかけようとしてためらった。何となく父親が他

2 **植民地**　国土の外で、経済的目的のため計画的に移住者を送り込んだ土地のこと。とくに、本国に軍事的にも従属させられた地域をさす。少年とその家族は、当時、大日本帝国の植民地だった満州（中国東北部）で暮らしていた。　3 **ラムネ玉**　ラムネの瓶に入っている玉。ここではビー玉のこと。

人の陰気な老人のように思われたのだ。しかし、勿論そんなことがあるはずもなかった。「おかえりなさい。」少年はいつものように声をかけた。父親は、「やあ只今《ただいま》。」と言葉を返してはこなかった。かれは一瞬眉毛を吊《つ》り上げるようにして少年の方を見たが、すぐ陰気な眼付《めつ》きにもどった。そして扉をあけて中に入った。

今日の大人たちはみんな変だ。少年は不吉な予感を抱きながら父親のはいっていった扉をながめていた。真夏の暑気が淀んでいるのに少年は肌寒く、睾丸《こうがん》が縮み上がっていくような気分が這《は》いよってくるのを感じた。少年は荒々しいコンクリートの壁にとりつけてある電灯の紐《ひも》を引いてあかりをともした。階段は影をともなってそこに浮び上がって見えた。

少年は深く一呼吸すいこみ身体にはずみをつけると、一気に自分の家の扉に打ち当り、ころげこむようにして玄関に入った。靴を馬が蹴りとばすように脱ぎ捨て、荒々しく台所にとびこんだ。「今日、何?　カレーでしょ。カレーだって思っているんだけど。」

母親は白いエプロンをしてガス台の前に立ち、父親とむかいあっていた。少年は野菜を煮ている大鍋《なべ》の火が切ってあるのに気づいた。父親は先刻のままの姿勢で無造作に突ったっていた。二人は少年がはいって来ても一向に関心を示さず、ただお互いに顔を見合っているばかりだった。少年は用意した言葉をいってしまい、その次に何をいったらいいのかわからなくなった。そして、そこに棒のように立ち、二人を見つめていた。

母親は蒼白《そうはく》になって、眼を大きくひらいていた。そしてしきりにエプロンに両手をこすりつけて、手についている汚れものをとろうとする仕草を続けていた。しかし少年が見たところでは、手はきれいで何の汚れもついていないのだった。「そんな。」母親は震えを帯びた声でいった。「信じられませんわ。そんな……。」「しかし外信[4]の連中は、はっきり聞いたっていうんだ。」父親は確信のこもった声でいった。「敵の大統領[5]が声明を出したんだ。間違いないよ。」「そうですか。」母親はしきりに自分の胸のあたりをさわった。「それじゃ、もう……。」「いずれちかく、終りが来るとは思っていたよ。それがこれさ。」「それにしても、恐しい……。」

4 外信　新聞社などで、外国からの通信・ニュースを扱う部門。外信部。　5 敵の大統領　アメリカ合衆国大統領トルーマン（一八八四—一九七二年）。

母親は茫然《ぼうぜん》と立っていた。少年は足の先から恐怖が駆けのぼってくるのを感じ、壁に手を当てた。少年はぐっと唾を飲みこんだ。そして二人の会話の切れ目をとらえてもう一回くりかえした。「母さん。晩飯は、まだ？　カレーだろ。おれもう腹がへってへって。」「あらごめんなさい。」母親は明るい声でいった。「すぐ作るわよ。あっちへ行っていて。」「早くだぜ。」母親はガスに点火し、大鍋はまた微《かす》かに鳴りはじめた。父親は着ているものを脱ぎはじめ、下穿《したば》きひとつになると台所の脇に小さくしつらえられた風呂場に入った。少年は居間にはいり、そこでモールス符号[6]の通信練習をしている中学生の兄のそばに寝ころがった。兄は、鉛筆を細く切った消しゴムの上にのせ、通信機[7]の打鍵のかわりにして、かなりの速度でカタカタと打ちつづけていた。かれはクラスでも、そうとうな技倆《ぎりよう》の所有者で、なんとかトップになろうとしているのだった。

少年はポケットからラムネ玉をとり出し、そのうちの一つを畳の合わせ目に置き、遠くからもう一発で狙った。しかし畳がところどころ膨らんでいるので、ラムネ玉は不自然な曲線を描いて動き、なかなか当らないのだった。「ねえ、兄さん。」少年は畳の上にうつ伏せになり、片目でラムネ玉を狙いながらいった。「げんしはかいって何？　教えてよ。」「げんしはかい？」兄は眉をひそめた。「何のことだ、それは。おれは聞いたこともないぞ。」「……。」「原始人の原始か？」「さあ、それがわかれば苦労しないんだけれど。」「いったい何の話だ。早くいえ。」兄は苛々《いらいら》しながらいった。少年は階段での話をした。「よくわからねえな。」兄がいった。「なんだろう、それは。」

窓の下は電車道だった。まだざわめいていたが、すでに濃藍色の夜の光があふれていた。少年はラムネ玉を発射し、玉はやはり不自然な曲線をえがきながら逸《そ》れた。兄は、また一心に鉛筆のキーを叩《たた》きはじめた。「ひょっとすると、ひょっとしますな、か。」ふと手を止めると兄が呟《つぶや》いた。「そうなんだ。」少年はいった。「それに、おやじとおふくろ、すこし態度がおかしいんだ。」「ふん。」兄は首を振った。

浴衣に着換えた父親がはいってきた。かれは扇風機を自分の方に向けて、噴き出してくる汗を切りながら、「おい兄ちゃん。」と兄を呼んだ。そのいい方は、何かにつまずいたようにぎこちなかった。「今日は動員[8]で行かなかったのか。」「また身体がだる

6 モールス符号　十九世紀、アメリカの発明家モールスが開発した電信用の符号。信号音の長短の組み合わせでアルファベットや数字を表す。7 打鍵　通信機のキー。またそのキーを打つこと。8 動員　ここでは、戦時下、学生や生徒が工場などに集められ労働を課せられたこと。勤労動員。

いものだから。」兄が言いわけがましくいった。「[9]黄疸《おうだん》がぶりかえしたらしくて。」「そう。」父親はうなずいた。「例の新型爆弾のことなんだがな。」父親は胡座《あぐら》をかいたまま胸を大きくはだけた。しかし湯上りなのにくつろいだ様子はなかった。かれは固いものを呑みこむように唾を呑んだ。そしていった。「原子破壊だ。」「え？」

少年と兄が同時に顔をあげた。「原子破壊。」「そうなんだ。[10]アトムだ。」父親は頷いた。「[11]こいつが一発おちたら、都会が一つ、溶けてしまった。幾十万もの人間も一緒にな。」「え？」「なんでも[12]TNT火薬二万トンに匹敵するということだ。」少年も兄も、息をのんでこぶしを握りしめた。本当だろうか？「いままでの爆弾とは全然ちがう。なにしろ原子破壊なんだから。」「もう発表になったのですか。」兄がたずねた。「いいや。外信の連中の話だ。」父親がいった。もはや疑う余地はなかった。「原子破壊。」兄がうつろな声で繰返した。「いったい、どういうことですか。」「おれにはわからんよ。おれは[13]学校出じゃないからな。」父親は仕方なさそうに笑った。

原子が物質の最小単位であることは少年も知っていた。その原子までも破壊してしまおうという爆弾なのだろうか？　人間も建造物も兵器も街路樹も、その根柢《こんてい》から、原子にまでさかのぼって亡《ほろ》ぼしてしまう爆弾なのだろうか？　そうだとすれば、本当に何もかもなくなってしまうにちがいない。そんなに徹底的に毀《こわ》す必要があるのだろうか。それにはいったい、どんな火薬を使うのだろうか？

「一発だ。たった一発。」父親の声がした。「おそろしいことだよ。」兄が溜息《ためいき》を吐いた。「そうすると、われわれはどうなりますか。父さん。」「そうだな。わが方には、[14]制海権も制空権もないんだから、喰《く》いとめようもないな。」「父さん。」兄がいった。「何とか頑張る術《すべ》はないのでしょうか。これではあまりに口惜《くや》しいではありませんか。」「そうだな。あればいいな。」父親は張りのない声でいった。

重苦しい夜が更けていった。父親と母親は書斎に入ったなり出てこなかった。少年と兄は寝床に入り、横になったが寝つけなかった。奥の祖父母がいる部屋からは、いつまでも痰《たん》の切れない気管支の咳《せき》がひびいて来た。あれは祖母の咳だが、あの人々は今日のこの悪い知らせをどう聞いたのだろうか。食卓についている時も時々顔を見合

---

9 **黄疸** 皮膚や粘膜が黄色くなる症状。肝臓の病気などで起こる。 10 **アトム** 原子。［英語］atom 11 **こいつが一発おちたら** 一九四五年八月六日、広島に原子爆弾が投下されたこと。 12 **TNT火薬** 「TNT」は、トリニトロトルエンの略。高性能の爆薬で、核爆弾の爆発エネルギーを換算するのに、TNT火薬のトン数が用いられていた。 13 **学校出** 高等教育を受けた人。 14 **制海権も制空権も** 国の周囲の海や空を管轄し、他国の船や飛行機が侵入できないように掌握する軍事力。

わせてはいたが、表情ひとつ動かさず、黙々とカレーライスを食べていた。あの二人が何を考えているのかは、全く判《わか》らない。しかし、深夜にひびく気管支の喘鳴《ぜんめい》[15]はひどく悲しく、少年はつとめて聞くまいとした。これで戦いが終るとしたらどうなるのだろう？　男は皆殺しで、女はみんなあいつらの妾《めかけ》になるのだろうか？　学校でも、雑誌を見てもそれに近いことがいわれていた。それなら、最後までたたかって死んだ方がいいのではないか？　少年は幾度か寝返りを打ち不安を抱きながらやっと眠りに墜《お》ちた。

電話が鳴りつづけた。少年は夢の中で聞いていた。うるさい。早くだれか出てくれ。しかし電話は鳴りつづけた。それは遠いクリーム色の波の彼方《かなた》から聞えてきたが、段々と接近して来た。少年は目覚めはじめたのだ。殆《ほとん》ど目をあけかけた時、受話器がとられた。「何？　ああ、うん。何だって？」父親の声が急に高くなった。「そう。そう。そう。そうか。いや、そうなるかと思ってはいたんだが。心配していた通りになったな。」その声はますます高くなり震えを帯びていた。何かまた事が起ったのだ。少年は兄の方を見た。すると、既に兄も眼を覚ましていて、天井をじっと見つめながら一語も聞き洩《も》らすまいとしているのだった。

「今、いったい何時頃だ。よしわかった。とにかく行こう。」それから受話器が置かれる音がした。少年も反射的に時計を見た。午前一時半を少しまわっていた。また原子破壊だろうか。父親の声には驚愕《きようがく》だけではなく、恐怖もまたこもっているように思われた。あたりは気味が悪いほどの静寂だった。

「おい。」いきなり唐紙[16]が大きくあけられ、光が眩《まぶ》しくさしこんで来た。「二人とも起きろ。起きてこっちへこい。」その声とともに二人ははね起きた。そして目の前に仁王立ちになっている父親がいるのを見た。かれは少年がいままでに見たこともないような峻《けわ》しい顔をしていて、拳を握りしめていた。「二人とも、そこへすわれ。」二人はいわれた通りにした。「母さんもすわってくれ。」母親もすわり、植民者の家族があつまった。何時《いつ》ものように母親の両親である祖父母を、かれは全く無視した。「大変なことが起った。」かれはいった。「おまえたちも、もうこども扱いはしていられない。しっかり聞け。」「大丈夫です。」兄がいった。父親は頷いた。

15 喘鳴　呼吸時に出る「ぜいぜい」という音。16 唐紙　唐紙障子の略。ふすま。

「今から三十分位前だ。[17]北方の国境が数カ所にわたって破られた。奴等《やつら》は戦車を先頭にたてて雪崩《なだれ》のような進撃を開始している。手のつけようがないのだ。」「何ですって！」兄が叫んだ。「だってわれわれとかれらのあいだには[18]中立条約があるじゃありませんか。そんな馬鹿《ばか》な。」「まあ、そういえばそうだな。」父親は苦笑した。「しかし、奴等はもう中立条約の更改はしない、といっていたし、こうなってくれば条約も糞《くそ》もあるまい。喧嘩《けんか》にはルールはないからな。」「しかし。」兄は声変りしてから潰れたようになった声でいった。「われわれは正々堂々と名乗りをあげて戦います。信義を重んじます。いったい何です。弱味につけこんで。」「それが政治さ。」父親がいった。「おれたちの国だって同じようなもんだったよ。」

四人は黙った。深夜の静寂の奥の方から爆音がとどろきはじめた。それは次第に大きくなり、頭上を通過した。それを聞いているうちに兄の顔がひきしまってきた。「この爆音は、わが方のじゃない。」そう呟くと窓に走りよって窓外の空を見た。少年も釣られるように走った。しかし空は暗くて何も見えなかった。「奴等です。」兄がふりむくと父親にむかって断定的にいった。「奴等がもう来ているんです。[19]迎撃機は何をしているんだ。」兄は苛々して怒鳴った。「父さん。飛行機もそうだが、国境防衛軍はどうしたんです。何しているんです。国軍は駄目だが、われわれの精鋭とうたわれた国境防衛軍はどこにいるんです。」

「そうだな。」父親は従順にうなずいていった。「本当に何をしているんだろう。」それから気味の悪い笑い方をした。「多分な、国境防衛軍はいないんだ。」「いない？」兄が唖然《あぜん》として聞きかえした。「どうやらみんな、南方[20]へ持っていかれているらしい。」「本当ですか。」「父さんは新聞社に勤めている人間だよ。」兄は唇を震わせて何かいおうとしたが、なかなか声が出なかった。父親は優しさのこもったまなざしでじっと息子を見つめていた。

「それじゃあ。」兄はやっといった。「だれが奴等を喰いとめるんです。」「だれも喰いとめやしないだろう。今の国境防衛軍には、奴等の火力に対抗する力など全然ありはしないのだから。」「北部のわが開拓民[21]はどうなります。鉄道は、都市はどうなるんで

17 **北方の国境**　ソビエト連邦と満州の国境。八月九日、連合国側のソ連軍は国境を越えて攻撃を開始した。
18 **中立条約**　一九四一年に調印された、日ソ中立条約をさす。相互不可侵などを内容とした。一九四五年四月五日、ソビエト連邦は条約の不延長を日本に通告してきていた。
19 **迎撃機**　爆撃機を迎え撃つ戦闘機。
20 **南方**　当時、日本が進出していたフィリピン諸島や東南アジア諸国。
21 **開拓民**　満州事変（一九三一年）以後、日本が満州や内モンゴル地区に送り出した開拓民。主に農業に従事した。

す。」「それは奴等がきめることさ。」「……。」「そうさ。もう、そんな段階まで来ていたんだよ。われわれの戦争は。」「信じられません。」「そうだろうな。父さんも、今までは、お前たちにそんな話はしたことがなかったからな。」

会話は途切れた。爆音は首都の上空をゆっくりと旋回していた。それは遠くなったかと思えば、また接近して来た。空爆はないのだろうか。あるいは偵察だけなのだろうか。それとも兄の観察が誤っていたのだろうか。「とにかく」父親はいった。「おれは社に行ってくるからな。何があっても困らないようにしておけ。ひょっとすると」父親は声を落した。「どこか移動することになるかもしれん。それから兄ちゃん。」父親は兄を呼んだ。「これからは、いろいろなことは君と相談しながらやっていく。もう昔なら一人前なんだからな。元服[22]している年頃だ。もし」そういいかけて、かれは一寸《ちよつと》唾液を飲みこんだ。「もし、万一のことがあったら、この家の行動の判断は君がやることになる。勿論かあさんと相談しながらだが。」「わかりました。頑張ります。」兄は高揚した声でいった。

父親はそういいながらも手早く着換えていた。三人の家族は玄関まで出、父親の靴音が階段を降りていくのを聞いていた。やがて全く聞えなくなった。兄と弟は部屋へもどったが、いくら待っていても母親が入ってこない。不審に思って二人が戻ってみると、さっき出掛けていった父親を見送ったままの姿勢で母親が立っているのだった。「母さん。こっちへおいでよ。」少年が呼びかけたが彼女は振りかえらない。「母さん。」もう一度呼びかけたが、彼女は化石になったように同じ姿勢を保ち続けていた。少年は仕方なく前へまわってみた。彼女は蒼白になっていて、少年を見るとぎこちなく微笑した。そして手を伸ばして壁にさわろうとした。

　しかし壁は目測より少し遠かった。手は流れて身体はぐらりと傾いた。彼女は壁に身をもたせかけて身体を支えようとしたが、足がいうことをきかなかったのだ。「まあ。だらしないわね。」彼女はそう呟くときまり悪そうに笑い、しゃがみこんだ。兄が近づいていき、母親の両の腋《わき》の下に手を入れて立たせた。「母さん。」かれはとても優しい声でいった。「ぼくらがついてますよ。父さんとぼくらがいて、こわいことなんかありませんよ。」「そうよ。わかってるわ。」母親は息子と肩を組むようにして居間へはいった。

22 元服　昔、公家や武家で、男子が成人になったことを示すために行われた儀式。

母親が乱れを見せたのはその一瞬だけだった。彼女は襖《ふすま》の隙間から事の成行を覗《のぞ》き見していた祖父母に手短かに事情を説明し、持って逃げられるだけのものをまとめるように指示した。「どこへ行くっていったって」祖母はいった。「だれかがおぶってでもくれなけりゃ、あたしは逃げられないよ。この足だもの。」「そんなことといっている時じゃないのよ。」母親はいった。「這ったって逃げなくちゃならなくなるかもしれないわよ。」「おれが背負うよ。」祖父がいった。

母親は台所へ行き、大釜《おおがま》にいっぱい米を磨《と》ぎはじめた。庖丁《ほうちょう》が野菜を乱切りする響きがし、音は深夜のアパートにこだました。その音が途絶えると母親が居間へ顔を出し、兄に対して重要書類や預金通帳や現金の有り場所を教え、それをひとまとめにして、すぐ点検できるようにするよう、指示を与えた。兄は立ち上がり、納戸[23]をあけてリュックサックをとり出した。休日などに一家でハイキングに行くときのためのものだった。かれはそれを一列にならべ、箪笥《たんす》の中の下着類を選んでは、個人別に入れていった。それを見ていると、今恐しい生死のかかっている事態が進行しているのではなくて、明日の朝早く家中そろってキャンプに出掛けるところなのではあるまいか、という気分が少年に起ってきた。何時ものように、と少年は思った。そう。何時ものようにだ。すると眼が熱くなった。少年は首をふり、それをこらえた。

野菜の乱切りの音がまたけたたましく深夜の台所でひびいた。兄は有価証券[24]や生命保険の証書、預金証書、預金通帳、カメラ、母親の装飾具箱などをならべ、母親のメモをチェックした。少年は勉強部屋に入り、何を持っていくべきか考えた。教科書と筆記用具。そしてそろばん。磁石と双眼鏡。切り出しナイフ。水筒。釣針も必要だ。懐中電灯とロープ。砂時計はどうだろうか？　計算尺[25]（かれはまだ使い方を知らなかった。）は不要だろうか？　オートバイ用の風防眼鏡《めがね》は持っていくのだ。それから手製の木彫の戦闘機模型。かれはあれこれ思い悩んだ末、大切だと思われるものだけをハンカチで包み、自分のリュックサックに入れた。兄はハンカチからはみ出しているものを覗き見し、軽蔑したように鼻で笑った。その態度はわざと大人を演じているようだった。少年は口惜しさに頬が燃えるのをおぼえた。

台所から飯の炊汁《たきじる》が吹きこぼれる匂いが漂ってきた。兄は、母親と連絡をとりあい

23 **納戸**　屋内にある物置き部屋。　24 **有価証券**　株券や小切手など、証券の形で財産所有権が示されているもの。
25 **計算尺**　物差し形の計算用具。台尺の間で滑り尺を移動させ、目盛りを合わせて数値を出すもの。

ながらほぼ荷物を完成した。かれは大きな溜息を吐き、少年は腹這いになってその兄をながめていた。いまはもう二時半をまわっていた。兄は立ち上がると伸びをしたが、ふいにその手を止めると何かに注意を集中した様子をみせた。かれの眼は細くなり、首は微かに傾いた。何だろう？「おい。」兄がそのままの姿勢でいった。「聞えるか？ 聞えるだろう？」少年は一心に聴力に神経を集中して聞きとろうとした。しかし少年にはまだ兄のいっている意味が摑《つか》めなかった。いったい何だろう？「わからんのか。」兄が苛々しながらいった。「このアパートだ。アパート全部がざわめいているぞ。みんな起きているんだ。」

少年の顔はひきしまった。兄のいう通りだった。深夜の三時だというのに、このアパートは昼の活気を蘇《よみがえ》らせていた。数多くの人の動作、声、器物の触れ合う音——それらが複雑に入りまじり、コンクリートの建造物全体にこだましているのだった。少年は跳ねるようにして部屋をとび出すと玄関の鉄扉をあけ階段に首を突き出した。今やアパートのざわめきは一層生々しく、はっきりと少年の耳朶《じだ》[26]を打った。ひっきりなしに玄関のドアが開いたり閉じたりし、早口に、声高に喋《しゃべ》る男たちの声がはねかえっていた。どこかの階で茶碗《ちゃわん》が一挙に割れ、女が悲鳴をあげた。少年は階段を駆け降り、外へ出ると建物を見上げた。するとどうだろう。何時もならこの時刻には真暗《まっくら》な窓がならんで闇の中に沈んでいるはずの建物のあちこちに今夜は光の裂目が出来ているのだった。灯火管制[27]用の黒幕が引いてあるので、光は派手に洩れはしなかったが、時にはあけ放したまま煌々《こうこう》と輝いている窓もあった。あきらかに人々は狼狽《ろうばい》しているのだ。少年は、光っている窓をみつめているうちに、今やこの建物の人々が一人残らず目覚めていることがはっきりとわかった。

いや、それはこの建物だけではない。横丁を不意にまがって、何処《どこ》へ行くのか物凄《ものすご》いスピードで駆け去っていく男がいた。バケツが坂をころがっていったが止める者はいなかった。風が吹くといつもの夜と同じように木々は揺れた。しかし周囲のざわめきが大きいので葉ずれの音は聞えなかった。少年は犬が塵芥《ごみ》箱に首をつっこんで餌《えさ》をあさっているのを見た。

報道はすでに疾風が駆けぬけるように全市に伝わったのだ。少年は身をひるがえす

26 耳朶　耳たぶ。 27 灯火管制　戦時下、爆撃の目標にされないため、夜、電灯を消したり、窓を黒い布などで覆ったりさせられたこと。

と階段を駆けのぼった。手摺にしがみつくようにして身体を引き上げ引き上げしながらかれは階段をぐるぐるめぐり、一度の休止もとらずに一挙に屋上まで到達した。扉をあけ、夜の中へふたたび出た時、少年は荒々しい呼吸をしていた。そして金網ごしに市街を見下した。

そこには完璧《かんぺき》に統制された戦時下の都市の姿はなかった。灯火はあちこちで、黄金の砂粒がこぼれているように闇の中に輝いていた。そして、その輝く灯火の分布のしかたで、この首都の市街地は、はっきりと浮び上がっていたのだった。少年はそれを美しいと思った。植民者たちは半狂乱で遁走《とんそう》28しようとしている。その都市の夜景はきらめいていた。そしてその光の下には、この日を待って支配に堪えていた人々もいて、今希望に胸をふくらませて事態の展開を見守っているのだ。少年は、こぶしで汗をぬぐいながら夜景をじっと見つめていた。

午前四時をまわった。母親の手は飯を握りつづけたために白くふやけ、煮しめられた野菜は弁当箱につめこまれていた。水筒には番茶と紅茶がわけて入れられた。割箸《わりばし》とナイフとフォークがまとめられ、煮抜き玉子がならんだ。もう食糧はほぼ準備ができた。

祖母は痰の切れない咳を、尾を曳くようにいつまでも続けていた。兄は、先刻から父親の書斎にあった地図帳をひっぱり出して来てひろげ、熱心に見つめていた。かれは時々何かを呟き、指は地図の上を神経質に動いた。そしてしばらく放心したように考えこんでいたが、やがて物差を持って来て地図に当てはじめた。また考えこんだ。鉛筆をとって簡単な計算をした。「そうか。」かれは呟いた。それから地図帳も物差もほうり出すと、その場にひっくりかえって天井をみつめ「ははは。」と笑い声を口でいった。「畜生。国境防衛軍め。」

少年は落着いているつもりでいたが、実は自分が相当緊張していることに、その時になって気づいた。緊張している状態が辛くて、なんとかして緩和させたいとねがったけれどもどうしていいのかわからない。心は自然に硬くしまっていくのだった。少年は、緊張が堪え難いところまで高まって来たので、自分の意識にのぼって来たのだ、ということに気づくにはまだ幼なかった。かれは口をふくらまして自分の掌《てのひら》をふうふう吹いたり、立ち上がってラジオ体操をやった。体を目茶目茶に動かしてみた。変な

28　遁走　逃げ去ること。逃げ出すこと。

声で吠《ほ》えると兄が苛々して「うるせえ、止《や》めろ。」と怒鳴った。だが勿論少年としては止めようがなかった。そしてまた階段へ出て、片足で階段をぴょんぴょん跳ねながら降りた。今度はのぼった。また降りた。これは案外激しい行為だった。たちまち体から汗が噴き出して来た。そうなると肉体の苦しさの方が精神の緊張よりも優先するようになり少年は気がまぎれるように思った。

三階の扉があいて人々が出て来た。かれらは大きなリュックサックを背負い、手には風呂敷包を提げていた。かれらは何時ものように玄関に鍵をかけ、主人がポケットにしまいこんだ。「行くのか?」少年は、同級生の少年にいった。「うん。行くんだ。」「じゃあな。」「ああ。」家族といっしょにいる同級生は少年に背をむけた。かれらは階段を降り、出口のところにしばらく立って会話を交していた。やがて乗用車がやって来てとまった。かれらは乗りこみ、排気ガスの匂いを残して去った。『すぐ、おれもいくぞ。』少年は羨望を感じながら心の中で呟いた。やつらは素早いがおれたちはどうだ。少年はいくら待っていても父親からの指示がないのに苛々しながら階段を上り降りした。膝がしびれたように疲れ、かれは唸《うな》り声をあげながら三階の玄関の前に倒れた。コンクリートの床は冷えびえとしていて尻に快かった。少年はしばらくそのままの姿勢で荒い息をついていたが、やがて扉の把手《とって》に手をかけて起き上ろうとした。

するとＭの高さに鍵穴があった。奴等は慌てて出ていったが、家の中はどんな風になっているだろうか？　少年は目を近づけて中を覗きこんでみた。しかし、中は真暗で、全く何もわからなかった。夜だったし、室内の灯りは全部消してあったのだから当然だった。少年はそれでも諦めきれなくて、小さな鍵穴から室内を、さまざまな角度をとって覗いてみた。勿論徒労だった。少年はがっかりして鍵穴から目を離し、ふざけて今度は耳をあててみた。すると驚いたことに、掛時計が時を刻んでいる音が、濃い暗黒のなかからひびいてくるのだった。そうか。時計はかついで行くわけにもいかず、止めるわけにもいかないのだ。時計は人がいようといまいと時を刻み、或《あ》る日、ひっそりと止まるのだ。少年は、時を打たないかと待っていた。すると、何か乾いた軽いものがこすれあうような妙な音が聞えてきた。少年が緊張して聞き耳を立てていると、それが小鳥の羽ばたきであることがわかった。29鶸《ひわ》だ。同級生の少年が飼ってい

29 鶸　スズメ目アトリ科に属する小鳥。マヒワ、ベニヒワ、カワラヒワなど。

た鳥だった。少年が憧れていた鳥だ。このままおいたらじきに飢え死にするだろう。もったいない話だ。しかし、おれも、じき逃げるのだから、どうにもできないのだ。

少年は階段を一段ずつ、ゆっくりと降りていった。すると下から上って来たのは父親だった。少年は、その前かがみにかがんで、ズボンのポケットに手を入れ、何かを考えこむようにしながら上ってくる形が、夕方、階段で目撃した父親と全く同じであることに一寸驚いた。「父さん。」少年は思わず声をかけ、駆け降りようとし、足をとられてあっという間に転落した。そして身体は父親の足もとにころがった。

父親は乾いた叫び声をあげたが、うろたえた様子はなかった。かれはすぐ少年の腕をつかみ、荒々しく助けおこした。「しっかりしろ。」かれは落ちついた声でいった。「さあ立て。」少年ははじかれたように立ちあがった。すると父親は少年の肩を抱くようにして強く自分の身体にひきつけて部屋に入った。やがて灼熱《しやくねつ》感や痺《しび》れは痛みに変ったが、少年には助けおこした父親の逞《たく》ましい力の方が鮮烈な感覚となって残っていた。

父親は居間に入り、リュックサックがならんでいるのを見、竹の皮の中の握られた飯を見た。かれの顔を痙攣《けいれん》が走り、かれの腕は何かわからぬ仕草をした。かれの前には煮抜き玉子があり、弁当箱があった。「いや、何もわからん。」父親は当惑したような声でいった。「国境防衛軍は潰走《かいそう》している。だから敵の機械化部隊は無抵抗で南下を続けている。猛烈なスピードだぞ。」「じきに来ますね。五日位でしょう。」兄が予想通りだと頷きながらいった。「ひとつ、おれが驚いたことがある。」父親はきっぱりとした口調でいった。「国境防衛軍の中央司令部が移動するらしいんだ。首都を離れるのだそうだ。」「何ですって！」兄が顔色を変えた。「もう逃げ出すのですか？」「戦術的にここではまずいということだそうだ。」父はいった。「それも一理あるがね。」「あの」母親がいった。「お仕事の方はどうなるので……。」「ま、やれるだけは機能するだろうが……。」みな黙った。父親は、ずらりとならんだリュックサックに眼を走らせた。「よく短い時間の間に、これだけ準備できたな。」かれはいいにくそうに言葉を区切りながらいった。「母さんも兄ちゃんも、これなら大丈夫だ。立派なものだよ。」「早く、駅へ行きましょう。早くしなければ。」兄が苛々しながらいった。父親は微笑した。「なあみんな。」父親はとうとういった。「どこへ行ったって同じだと思わないか。逃げたって、うまく逃げられるかどうかわからないぞ。いっそ、同じことなら、この国の首都にすわりこんでいようじゃないか。」

意外な父親の言葉に、一同は戸惑った。しばらくその真意を知ろうと沈黙していた。「ぼくは」兄がいった。「ここにいるのは危険だと思います。父さんの状況判断は少しおかしいのではないですか。司令部はいなくなるとはいえ、首都は首都でしょう。もし市街戦にでもなったらどうなります。それに」兄はすこし声を震わせた。「暴動でも起ったらどうしますか。ぼくらは個人としては悪いことはしていませんが、恨みは買っているはずです。」「なになに」父親は軽い口の利き方をした。「そう心配したものでもない。汽車で逃げたところで、途中に地雷でも埋めてあれば一発でお陀仏《だぶつ》だぞ。[30]慌てる乞食《こじき》はもらいが少い。いったいどういうことになるか、じっくり見ていようじゃないか。これは案外面白いかもしれないぜ。」父親はしかし、まともに家族の顔を見ることができなかった。かれはちょうどおもしろいものでもあるかのように蒼黒《あおぐろ》い窓の外を覗きこみながらしゃべった。

「三階はもう逃げたよ、父さん。」少年はいった。「さっき乗用車が来て、家中で乗っていってしまった。早かったな。」「三階は[31]軍属だからだ。」父親がいった。「軍は仕返しがあるからな。危いんだ。うちはそうじゃないからな。」かれは煙草《たばこ》に火をつけると深々と喫《す》い、吐き出した。「官吏も危いんだ。」父親はつけ加えた。「まあ、そういう連中は行かせてやらなければ可哀想《かわいそう》じゃないか。そうだろう、兄ちゃん。」「それはそうですが、しかし。」「しかしも何もないさ。」父親はいった。「行きたいやつはどんどん汽車に乗ればいい。まあおれたちは慌てず、さわがずさ。母さん、わかったかな。」「ええ。そうですとも。」母親が賛成したので少年は心臓が大きく打つのを感じた。母さんときたら、父さんのいうことなら考えなしに賛成してしまうから困るのだ。「父さんのいう通りだと思いますわ。面白いじゃないの。」母親の声も震えていた。「こんなことに出会える人生なんて、そうそうあるもんじゃありませんわ。わたしもじっくり見とどけてやろうと思っていますわ。」母親はそういうと立ち上がって足早に部屋を出て行った。「おい母さん」父親がその背中に声をかけた。「一つ熱いお茶でも入れてくれないか。」

兄は、そんな父母をじっと眺めていたが、合点がいかない、というように首を振った。そして興奮した口調でいった。「それじゃ父さん、この首都じゃ、それだけの人

30 慌てる乞食はもらいが少い　先を争って急ぐと、かえって悪い結果を招く、という意。31 軍属　軍人以外の、軍に所属する者。技師や傭人《ようにん》など。

間で汽車はいっぱいになってしまいますよ。だって」兄は上唇を舌で舐《な》めた。「さっき考えたんですけれど、この列車は乗客をのせて目的地についたあと、もう一度戻ってくるでしょうか。戻って来やしませんよ。そんなお人好しの乗務員がいますか。」「そうだな。」父親は従順にうなずいた。「そうだなって、父さん」兄は声をあらげた。「父さん、いったいどうしちゃったんです。」「どうもしないさ。」父親はおだやかにいった。「おまえのいう通りさ。だから、われわれの乗る列車などないのだ。そんなものは最初からありゃしないのだ。わからないのか。おまえには、まだ。」

兄は咽喉《のど》を撃ちぬかれたように、ふっ、と黙った。少年は激しい尿意が襲いかかってくるのを感じた。そうだったのか。国境防衛軍指令部も、われわれを見捨てて去っていく。われわれは庇護《ひご》してくれるものもなく、裸のまま、この国に打ち捨てられるのだ。植民者たちは地位も権利も生命と財産の保障もなく、ここに包囲されたまま、敵の進撃を待つよりないのだ。少年は兄の蒼白になった表情を見つめているうちに、これが物語でも冗談でもない、ということが身体に沁《し》み入るように感じられてくるのだった。こうしている今の今、北部のどこかで戦車の下敷きになってのたうちまわって死んでいく人間がいるかもしれない。そして明日は、それが自分の運命かもしれないのだった。

母親が熱い番茶を入れて来た。父親は胡座をかくと竹の皮のひとつをほどき、中の握られた飯を手にした。「腹がへった。」かれはそういうと笑った。「みんなも喰え。」かれはかじりついた。茶が注がれ、兄も飲んだ。少年も飲んだ。「せっかく作ったんだから。」父親が頬張りながらいった。「明日はハイキングでも行くとするか。御料林[32]でもどうだ。あそこにはすばらしい池があるぞ。」「だって這入《はい》れないでしょう。」兄がいった。「いいや。大丈夫だと思うな。」父親が意地悪い微笑を浮べていった。「皇[33]帝はもうここにいないんじゃないかな。ひょっとしたら飛行機でブーンしているだろうな。そうしたら、残ったやつらのうちだれがまともに勤めを果しているかね?」兄は呆然とした表情で頷いた。「しかしまあ、危険はあるし、第一、それどころじゃない。」

父親は番茶を啜《すす》った。少年は窓の外の闇が青く変りつつあることに気づいた。市街

32 御料林　大日本帝国憲法下で、皇室の財産とされた森林のこと。 33 皇帝　満州国皇帝愛新覚羅溥儀《あいしんかくらふぎ》のこと。中国、清国の最後の皇帝。一九三四年、日本の傀儡《かいらい》国家である満州国の皇帝となった。

のざわめきは、ますます激しくなり、どこかで大きな音がした。少年は思わず首をすくめた。不穏な雰囲気が夜明けの街をつつんでいた。たった一夜のうちに支配するものとされるものの関係が逆転したのだ。そして、すべてのものが、わずか数時間のあいだにその事実を認めたのだった。

「ほかの人たちをほうり出して逃げるよりは残る方がずっと気分がいい。」父親はいった。「それがおれの好みだ。」母親は頷いたが少年は不満だった。父親の好みにまきこまれるのは迷惑だ。おれは死にたくない。どんなことがあっても生きのびたい。

「いいたいことはいろいろあるさ。」疲労のあらわれた声で父親は言葉を続けた。「しかし、これで終ったんだなあ。」

「御料林へ、ハイキングに行きたいわね。」母親がいった。「あそこには野鳥がいっぱいいるわよ。空気銃持っていけば。」「しばらく前に取材で行ったが」父親も話を合わせた。「空の薬莢《やっきょう》[34]がいくつも、草叢《くさむら》の中に落ちていてね、きらきら光っているんだ。本当に行ってみようか。」しかし、だれも本気で呼応するものはいなかった。「父さん」兄がけつまずいたようなどもり方で早口にいった。「それでどうなんです。われわれはたたかうんでしょう。」「ああ。そういうことになっている。」父親はぼんやりした声でいった。「軍は、市内に対戦車壕《ごう》[35]を掘って市街戦にそなえるそうだ。しかしどうにもなるまいよ。」「どうにもなるまいって。」「わたしはもう、抵抗するだけ傷を拡《ひろ》げるだけだと思うんだ。」

兄は何かいいたそうにしたが何もいわなかった。かれの信念はたたかうことを要求していたが、事態はかれを裏切り続けていた。皇帝も司令部もない首都には、たたかうべき理由がなくなっていた。かれは父親に対して不満であり、にもかかわらず何もいい返すことができない場へおいこまれていたのだった。かれはうつむき、地図を見つめていた。

「おや、夜が明けてしまった。」父親は今気づいたようにいった。「いずれにしたって敵はすぐここまで来れるわけじゃない。あいつらだって、二本の足をたがいちがいに前に出すか、トラックの輪をころがしてくるよりない。だからとにかく今眠ったからって、どうってことはないよ。」

家族はお休みなさいを、いつものようにいい合った。そして、それぞれの寝床に横

---

34 **薬莢**　鉄砲の弾丸の発射薬を詰める、真鍮《しんちゅう》などでできた容器。　35 **壕**　敵の来襲にそなえて地面に掘った溝。

になった。少年は全身が骨を失ったようにだるいのに気づいた。そしてガソリンの淡い匂いを残して闇に消えていった軍属の家族の乗用車のことを思い浮べた。また、闇のなかではばたいていた孤独な鶚のことも思い浮べた。少年はまぶたが明るすぎ、軽すぎて落着かなかった。窓の外の喧噪《けんそう》はますます烈《はげ》しくなり、大八車[36]や荷馬車のわだちの音が荒々しく、ひっきりなしに走り過ぎていった。赤ん坊の泣き声や男の怒声、女のヒステリックな子供を呼び叱る声がとびかった。しつっこく爆音が旋回した。

眠れという方が無理だ。少年は兄の方へ寝返りを打った。するとそこに兄の顔があって、じっと少年をみつめているのだった。少年も見返し、二人は見つめあった。その時、今まで自分らが味わったことのなかった、眩暈《めまい》がするような荒々しく熱い時の流れのなかに自分たちがひたっているのだ、ということに気づいた。「首都にやつらが入る前に」兄が囁《ささや》いた。「降伏すればおれたちは助かるかもしれない。もし、それより遅れれば駄目だ。」兄は微かに笑った。「おれは降伏はしたくないけれどな。」少年は唇を舐めながらうなずいた。そして今、自分たちがこの世界の歯車の回転に従って生きる、直接の場に立たされていることを直感した。

36 大八車　人力で引いたり押したりして動かす荷車。

大八車

空《あき》罐《かん》

林《はやし》　京子《きょうこ》

発表——一九七七（昭和五二）年
高校国語教科書初出——一九九四（平成六）年

教育出版『国語1』

校舎は、コの字形のコンクリート四階建てである。私たち五人は、その校舎に囲まれた中庭の、ほぼ中央に立っていた。時間は午後一時半をすぎている。太陽は西に廻《まわ》りはじめて、中庭には校舎の影が写っている。五人が立っている場所も、既に陰になっている。

しかし、まだ、西向きの講堂には、陽《ひ》が一杯にさしていた。

「洗面所の使用法について、一言。」腰に両手をあてて、大木が四人に向かって言った。それは誰？　その口調は、と西田が、大木を指して考える表情をする。あれは誰だったか。洗面所の使い方ばかりを注意する先生が、確かにいた。かめのこだわし[1]、突然思い浮かんだ恩師の仇名《あだな》を、私は大声で叫んだ。いやあ、と長崎弁特有の、柔らかい注意のしかたで、原が、私のオーバーコートの袖を引いた。そして、職員室に聞

1　かめのこだわし　シュロの繊維を楕円形《だえん》に束ねて作るたわし。

こえるよ、と言った。三十年も前の教師たちが、いま、職員室にいるはずがなかった。三十年前の教師たちばかりではない。職員室には、もう誰もいない。

かつての私たちの母校は、来年一杯で廃校になってしまう。生徒たちも、長崎市街を見おろせる台地に建った、新校舎に移転してしまっている。さっき、校門を入る時に見かけたのだが、玄関の車まわし[2]に植えてあったフェニックス[3]は掘り起こされて、根を、あら筵《むしろ》[4]で包んであった。私たちが女学生の頃にも、車まわしにフェニックスが植えてあった。枝ぶりからみて、多分おなじ木なのだろう。根元から三本に分かれたフェニックスは、三十年の歳月の間に、七、八メートルの大木になっている。この木も、新校舎の方に植えかえられるのだろうか。

校舎の内には、私たち以外には、誰もいない。城壁のようにつっ立った校舎は、コンクリートの壁面に音を吸いとってしまって、物音一つたてずに静まっている。

緊急通達事項が起きると、私たちは、よくこの中庭に集合させられた。大木が口真《ま》似《ね》をしている教師は理科の男教師で、緊急通達が終わると、ええ、と生徒に向かって話しかけながら、せかせか歩いて朝礼台に登る。そして大木の口真似どおり「洗面所の使用法について。」と話を切り出す。生理用具の処理のしかた、水の流し方、使用上の注意を事こまかに説明して、特に冬になると便所の管が凍って水が外部に溢《あふ》れ出てしまう、そのために校舎の外壁に白い水もれの跡がついて、はなはだしく校舎の美観を損なう、と流れの跡を指して私たちに注意する。終戦直後の殺伐とした時代ではあったが、やはり少女である私たちは恥ずかしかった。中庭に立って、まっ先に大木が想《おも》い出したのも、恥ずかしい思いが印象に深かったからだろう。その白い、水の流れの跡は巾《はば》を広げて、いまも残っている。

一階、二階と、壁面で階を追いながら、私は目を空に移していった。コの字に区切られた快晴の空が、顔の上にあった。初冬には珍しい、暑さを感じさせる太陽の光が、コンクリートの直線に沿って輝いている。更に私は、目を四階、三階と下ろしていった。校舎の窓は、全部が閉めてあった。無人の校舎にしては、ガラスはよく磨いてある。そして、各階の窓のことごとくに、ガラスがきれいに入っている。そのことが私には奇妙に見えた。

2 **車まわし** 門と玄関の間にある、車を導き入れるための円形や楕円形の庭。 3 **フェニックス** ヤシ科の常緑樹。暖かい地方で庭木や街路樹として植えられる。 4 **あら筵** わらなどを編んで作る、目の粗い敷物。

昭和二十年の八月九日の、原爆投下後から卒業するまでの二年間、この校舎には窓ガラスが一枚もなかった。爆風で弓なりに反った窓枠の隅に、サメの歯のように尖《とが》ったガラス片が処《ところ》どころ、残っている程度だった。

更衣室や洗面所の、目かくしが要る場所には、板切れが打ちつけてあった。それも鉄の窓枠が、正常な箇所だけである。

反った窓枠の一つ一つを、どのようにして矯正したのか。あの当時のままの、縦横に仕切りの多い窓枠は、まっ直《すぐ》に伸びて、透明ガラスがはめこまれている。気をつけて見ると講堂側の窓に五、六ヵ所、流行のアルミサッシュ[5]の枠がある。上、下二段に分かれた窓は、そこの窓枠だけが銀色に光って、西陽に輝いている。矯正がきかない、破損のひどい窓のかわりに取りかえられたのだろうが、白い水の跡や、パテ[6]が目立つ赤さびた鉄枠の窓の中で、取ってつけた新しさが浮きあがっていた。

「この庭、こんなに狭かった？」と西田が中庭を見まわして言った。

「うちもいま、同じことを考えとったとよ。」と原が言って、西田と並んで、中庭を見まわす。なかに入ってみん？　と和服を着ている野田が言った。

「へえ、入ってみよう、講堂ばみておきたか。」と大木が言った。取り壊される前に、私も、あと一度、講堂を見ておきたい、と思った。

私たちは、生徒専用の通用口に向かって、歩いて行った。通用口には、鉄の錠前が掛けてあった。私たちは中庭を抜けて、フェニックスを掘り起こした土で汚れている玄関から、校舎に入った。

講堂の入口に立った瞬間、私たち五人は雑談を止《や》めた。それぞれが、その場に釘《くぎ》づけになって、立ちすくんだ。講堂には何もない。式や行事の日に、私たち生徒が坐《すわ》った木の長椅子も、細長い机もない。ただ一脚、背もたれが折れて、使いものにならない長椅子が、講堂の真ん中に置いてある。

舞台の幕も取りはずされて、白い胡粉《ごふん》[7]の壁が、あらわに見えている。ピアノも、式次第を書きしるす黒板も、道具類は、運び出されてしまって、艶のない、ささくれた床に、乾いた雑巾が一つ、捨ててあった。私は天井を見あげた。細い板を張った天井

5 アルミサッシュ　アルミニウム合金で作られた窓枠。アルミニウムサッシ。6 パテ　窓枠にガラスを取り付ける際に使う硬いペースト状の接合剤。［英語］putty　7 胡粉　貝殻から作った白い顔料。

には、淡い緑のペンキが塗ってある。色あいも、十センチ巾の板目も、三十年前そのままの様子で、目の前にある。そして、乳色の球状をした[8]シャンデリアも、当時のままである。

講堂は、明るく、ひっそりしていた。悲しゅうなる、と原がつぶやいた。追悼会——と私もつぶやいた。大木と野田が、無言でうなずいた。幕をはぎとられて裸になってしまっている舞台に向かって、私は黙禱《もくとう》をした。

卒業以来、私ははじめて講堂を見る。入口に立った時に私を釘づけにした思いは、音楽会でも卒業式でもない。終戦の年の十月に行われた、原爆で死亡した生徒や先生たちの、追悼会である。私が無言の祈りを捧《ささ》げたのは、その日の、友人たちの霊に対してである。大木たちも、同じ思いだったろう。特に原と大木には、[9]浦上《うらかみ》の兵器工場で被爆した重態の体を、この講堂の床に横たえた想い出がある。原も大木も傷は癒えて、生き残ったが、何十人かの女学生たちは、先生や仲間たちにみとられて、この床の上で死んでいった。生徒数千三、四百人のうち、三百名近い死者が、八月九日から十月の追悼会までに数えられていた。浦上方面の[10]軍需工場に[11]動員されていて即死した者、自宅で白骨化した者、さまざまである。和紙に、毛筆で書かれた生徒たちの氏名は、胡粉の壁の端から端まで、四、五段に分けて貼ってあった。

クラス毎《ごと》に、担任教師が生徒たちの名前を読みあげた。担任教師が被爆死している クラスは、同じ学年の教師が、教え子たちの名を代わって呼んだ。読みあげられる一人一人の名前に、生き残った生徒たちの間から、どよめきが起こる。そのうち、どよめきは静まって、私たちは気ぬけした者のように肩を落として、長椅子に坐っていた。三方の壁ぎわには、死亡した生徒たちの父母が坐っていた。父母たちは、追悼会がはじまる前から涙ぐんでいた。涙はおえつに変わって、生徒が坐っている中央に向かって寄せてくる。悲しゅうなる、とつぶやいた原の言葉は、各人の胸によみがえった、あの日の想いを、率直に言い表していた。私は講堂に入った。そして中庭に面した窓辺に歩いて行った。西陽がさす窓を背にして、改めて講堂を眺めた。西田と大木が、寄って来た。

8 **シャンデリア** 天井から吊《つ》り下げる形の照明器具。〔英語〕chandelier　9 **浦上** 長崎市中北部の地名。原爆の爆心地になった。　10 **軍需工場** 軍事上必要な物資を作る工場。　11 **動員** 人員・資源・設備などを、国家や軍隊の管理のもとに集めること。ここでは、戦時下、生徒や学生が工場などに集められ労働を課せられたこと。勤労動員。

西田は腰の低い窓に寄りかかりながら、「原爆の話になると、弱いのよ。」と言った。追悼会、の一言で、私たちが何を考えているのか、勿論《もちろん》西田にもわかっていた。西田は、被爆者ではない。私と同じように転校生である。小学校から入学試験を受けて、選ばれて入学した、はえぬきのN[12]高女の生徒ではない。N高女の生徒たちは、入学試験で選抜された、という評価に対して誇りを持っている。だから、彼女らの転校生に対する評価は、同じN高女生であっても低い。しかし同じ転校生でも西田と私とでは、また微妙な差があった。

私は昭和二十年の三月に、N高女に転入している。そして八月九日、動員中に被爆した。西田が転校して来たのは、終戦の年の十月、追悼会の日からである。被爆したか、しないかの差は、そのまま、はえぬきの大木たちとの結びつきにまで、かかわってきていた。

西田が、弱い、というのは結びつき方で、弱さの原因は被爆したかしないかにある、と西田は言った。大木が、そんげん事のあるもんね、被爆は、せん方がよかに決まっとるやかね、と笑って言った。西田は、そうじゃないのよ、いい、わるいじゃなくって、心情的にそうありたい、と思うのよ、と言った。更に、

「例えばね、あなたもわたしも転校生だから長崎弁をうまく使えない、無理に使えばギクシャクとぎこちない、そのぎこちなさよ。」わかるでしょう、と私に言った。いまだってそうよ、と西田が、言葉を続けた。「あなたたち四人は、講堂の入口に立った瞬間、泣き出しそうな顔をした、あの時、あなたたちが考えたことは、追悼会のことでしょう。わたしは、そうじゃないもの。」西田の脳裏に浮かんだ情景は、転校早々に行われた全校生徒の弁論大会だ、と言った。

覚えている？　と西田が私に聞いた。その頃、私は原爆症[13]で発熱が続いており、正規の授業がない日には、なるべく休むようにしていた。多分、弁論大会の当日も休んでいたのだろう。記憶になかった。大木が、うわあ恥ずかしかあ、と少女のように、両手で顔をかくした。

原と野田が近寄って来て、なん？　と聞いた。

弁論大会は、生徒全員に各人の主張を書かせ、クラスから一名、優秀な作品を選ん

12　N高女　長崎県立長崎高等女学校のこと。高等女学校は、十二歳以上の女子を対象とする中等教育機関であった。13　原爆症　原子爆弾の放射線被爆によって人体に生じた病状のこと。

だ。その選ばれた者が、クラス代表として講堂の舞台で、意見を発表したらしい。西田も大木もおのおのクラス代表に選出され、優勝を競った仲らしかった。テーマは西田が「婦人参政権について」、大木が「婦人と職業」。大木が恥ずかしい、と言ったのは、女性を、産む作業から解放しよう、といった調子の、威勢のいい婦人と職業論だったかららしい。言いあてて、いまだに産む作業を知らず、と大木は道化て言った。東京の女子大を卒業した大木は、長崎に帰って来て、中学校の教師を職業として選んだ。それから今日まで、何となく、独身生活を続けている。いつか結婚しよう、と待ちながら、とうとう、四十歳を過ぎてしまった、と大木は言った。

「だけど、女が一人で生きていくには、公務員が最高じゃないの。」と西田が言った。

「そう、老後の恩給[14]もつくし、よかでしたい。」と野田も言い、うちは、ご亭主が死ねば、その場でアウトさ、と首をくくる真似をした。大木が表情を曇らせて、そうでもなかよ、と言った。


　最近、長崎県では離島の教育問題が注目されてきている。離島を多く持つ長崎県では、常に懸案になっている問題点だが、大木にかかわりが出てくるのは、最も個人的な、離島赴任の問題である。そして、その可能性が、大木の場合には大きいという。独身であるのも赴任の条件の一つになるが、二十年を越える教師生活の中で、まだ長崎市内から外部に出たことがない。現在まで、転任は市内の中学校に限られてきた。これは、離島の多い長崎県の教師にとっては珍しいことだ。しかし、来春の異動には、確実に離島赴任が命じられるだろう。大木は、赴任を嫌っているのではない。大木が気がかりなのは、原爆症の再発である。

被爆直後、生徒死亡者名が校門に張り出された時、五十音順の真っ先に、大木の姓名が書いてあった。私たちは追悼会の日まで、大木は被爆死したものだ、と思っていた。背中や腕にガラス片がささった大木は、出血がひどく、講堂で看護を受けながら、意識がなくなることがあった。引き取りに来た両親に抱かれて、大木は帰宅したが、その姿から、死亡説が出たらしかった。現在は、一応健康にみえるが、不発弾を抱いているようなものである。もうこの年だし、死んでもよかばってん、いざとなれば、やっぱり恐ろしかっさ、と大木が言った。島にも医師はいるが、原爆症が出た場合、

14　恩給　ここでは、公務員が退職あるいは死亡したのち、本人または遺族に国や自治体が支給する年金のこと。

大木は、私もだが、長崎市にある原爆病院[15]に入院したい、という希望がある。原爆症にかかわらず、何らかの病気にかかったら、原爆症を考慮しながら治療が受けられる、原爆病院に入院したい、とも思っている。できるならば、原爆病院に近い市か、町で生活をしていたい、と思っている。大木の不安は、原爆病院から海をへだてて離れることにある。しかし、被爆の前歴は、赴任拒否の理由にはならない。仮に受け入れられるならば、長崎県の教師たちは、それぞれが、原爆に関連を持っているだろう。離島に行く教師は、いなくなるだろう。が、大木が躊躇《ちゅうちょ》する気持ちは、同じ被爆者である私には理解できた。

だけど、と西田が言った。

「むごいことを言うようだけれど、予定が組まれたら進まなきゃならない、それが生きるってことじゃない、たとえ病気であってもよ。」

同じ場所に踏みとどまっている訳にはいかないのだ、立っている現在が、常に出発点なのだ、と西田が言った。

西田は半年前に夫を亡くしている。二、三日床についただけで、一言の遺言もなく死んだ。さいわい、西田は服飾デザイナーとして、名を成している。夫の死によって、野田のように首をくくる心配はない。仕事ぶりにも定評があって、確実な足場を持っているように思える。それでも進むしかないのよ、いつ足をすくおうかって、虎視たんたんなのよ、と西田は言った。それから西田は、「失礼だけど、あなたご主人は？」と原に尋ねた。原は首を振って、大木さんと同じよ、と答えた。太った大木に比べて、原はいかにも病弱にみえる。

手や足も細く、日本人形のように整った顔は、青く肌が沈んでいる。被爆以後、悪性貧血に悩まされて、結婚生活に耐えられる肉体ではないようにみえる。大木の両親は、数年前に相次いで死亡しているが、原の両親は健在で、両親の庇護《ひご》を受けて生活をしていた。

「ご主人がいるのは、野田さんだけね。」と私が言った。おうちは？　と野田が私に聞いた。

一人よ、とだけ私は答えた。

五人いる、かつての少女たちの中で、平穏な結婚生活を続けているのは、野田一人

15　原爆病院　日本赤十字社長崎原爆病院のこと。原爆被爆者などの治療にあたっている。

だった。死別、離婚、そして独身で今日まできている大木と原。日だまりの窓辺で、私たちは暫《しばら》く無言でいた。

「生き残って三十年、ただ生きてきただけのごたる気のする。」と原が言った。うちたちは原爆にこだわりすぎるとやろうか、と大木がひっそりと言った。

「きぬ子は、今日は来ならんと？」と野田が話題をかえた。ああ、忘れとった、と大木が頓狂な声をあげた。朝、島原[16]に住んでいるきぬ子から、大木に電話があった、という。西田と私が、一週間の予定で東京から帰郷しているのを知っているきぬ子は、今日の母校訪問に参加する予定でいた。それが急に、出席できなくなったのだ。

「申し込んどったベッドの空いてさ、原爆病院にあした、入院しなっとげなさ。」大木の言葉に、原爆症ね？　と原が眉を寄せた。大木は、ううん、と首を振って、背中のガラスば抜きなっとさ、と言った。

きぬ子は、島原で小学校の教師をしている。二年生を受け持っているが、ガラス片の痛みを知ったのは、体育の授業中である。活発なきぬ子は、四十歳を過ぎていながら、子供たちに前転をしてみせていた。丸めた背中が、マットの上に落ちた時である。

明滅するイルミネーションのような、軽やかな痛みが、背中に起きた。年のせいかな、ときぬ子は思いながら、あと一度、前転を、生徒の前でしてみせた。今度は、尖った痛みがした。放課後、きぬ子は病院に寄って、診てもらった。医師は指先で、背中の処どころを押して、原爆におうとれば、その時ささったガラスじゃなかろうかあ、ときぬ子に聞いた。レントゲンを撮って、一週間後に一ヵ所切開してみると、医師の言葉どおり、ガラスが出てきた。その部分の肌は固くこりこりしていて、それが幾つかある。レントゲンには影になって写るらしいが、切開してガラスを取り出すために、あした、きぬ子は入院するのだ、と大木が説明した。

「きぬ子さんって、よく覚えていないけれど弁論大会に、一緒に出た人じゃない。」と西田が聞いた。へえ、出なったね、と野田が答えた。そして、あんなん[17]はあん時は、坊主頭やったね、と言った。被爆後、きぬ子は髪の毛が脱けてしまって坊主頭になっていた、という。丸坊主で演壇に立ったきぬ子も、在学中のきぬ子も私は覚えていないし、知らない。

16 島原　長崎県南東部にある市。　17 あんなん　あの人。

「命について、話しなったね。」と原が覚えていて、言った。おとうさんも、おかあさんも即死しなったけんねえ、と大木が言った。独りっ子だったの？　と私が聞いた。うちとおんなじ、天涯孤独の教師さ、と大木は、私たちを見て、笑ってみせた。

女学生時代のきぬ子を知らない私が、きぬ子とつき合うようになったのは、同窓会か同年会で同席して、それから、つき合いがはじまったようである。そして昨年、十年ぶりに私はきぬ子に逢《あ》った。

私たちの恩師に、T先生という女先生がいた。当時二十四、五歳で、長崎市内の上《うわ》[18]町《まち》にあるK寺のお嬢さんだった。N高女の先輩で、金色の産毛が頬から耳たぶにかけて光る、色の白い、美しい先生だった。目の玉が、青みがかった灰色をしており、髪の毛も細く、産毛よりやや濃い、栗色をしていた。長崎には西洋人と見間違えそうな男女が多いが、T先生もそうみえた。T先生は、兵器工場に動員された生徒について出向していたが、八月九日、きぬ子と同じ職場の精密機械工場で即死した。

昨年十月、T先生の墓が、生家であるK寺にあるのを知った私は、きぬ子を誘って、三十年ぶりに墓参りをした。

墓参りを終えた私たちは、K寺の、町を見おろせる樫《かし》[19]の木の根元に坐って、T先生の想い出話をしていた。きぬ子は、T先生の即死の現場を見ている。遺体を確かめたわけではないが、閃光《せんこう》に額をうたれて、光の中に溶けて見えなくなった瞬時を、目撃している。その時T先生は、きぬ子に向かって、大きな口をあけて何事かを叫んだ。言葉は、勿論聞きとれなかった。単なる叫び、だったかもしれないが、きぬ子はT先生の最後の言葉を、何とか理解してあげたい、と思い続けた。開いた唇の形を脳裏に繰り返し描いて考えているうちに、いつの間にか、T先生はきぬ子の頭の中に貼り絵のように、貼りついてしまった。

聞きとれなかった言葉は、きぬ子の心の負担になって、この頃では、あの情景が事実だったのか、T先生は本当に死んだのだろうか、と、それさえも疑うようになっているのだ、と言った。K寺に墓参りに来たのも、曖昧になりつつある過去を確かめる意味と、はっきりT先生の死に決着をつけるためだ、と言い、この樫の木の根元で、T先生を焼きなったって、住職夫人はいいなったね、と私に住職夫人の言葉を確認さ

18 上町　長崎市のほぼ中心部に位置する地名。　19 樫　ブナ科の常緑樹。アラカシ・アカガシなどの総称。

せた。

本当よ、ここで焼いたって住職夫人は話したわ、と私は答えて、樫の木の、瘤《こぶ》になった根を叩《たた》いた。骨も拾うたって、いいなったね、もう、死になった人のことは忘れてしもうてもよかよねえ、きぬ子は私を真似て、樫の木の瘤を叩いて言った。その時きぬ子は、痛い、と小さい叫びをあげて、手のひらを撫《な》でた。手のひらには、傷口も、出血もなかった。とげをさしたの？　不思議に思って私は聞いた。

「ガラスさ。」ときぬ子は、それだけ答えた。その時の、抑揚のないきぬ子の言葉を、私は想い出していた。

「人間の体は、よう出来とるね。」と大木が言った。四、五年前に大木の背中からも一個、ガラスが出てきた。医師に、切開をして出してもらうと、真綿のような脂肪の固まりが出てきた。四、五ミリの、小さいガラス片は脂肪の核になって、まるく、真珠のように包み込まれていた、という。

私たちは講堂を出た。講堂を出ると、階段の踊り場を中心に、右と左に廊下が分かれている。右側が特別教室になっている。私たちが終戦直後に使用していた教室は、その左側である。私たちは、「何組だった？」と銘めいの担任と級を確かめあいながら、廊下を歩いて行った。私たちが歩いている廊下は、コの字形の校舎の、背の部分になっている。コの字の角に当たる教室は、出入り口が一つしかない。

他の教室は、前後に一つずつ、出入り口がついていた。角の教室は非常の場合を考えて、隣りの教室との境の壁に、ドアが一つ、取りつけてあった。私は、その角の部屋のドアに記憶があった。ここが私の教室ね、と私は西田に言った。西田は、どれ？と言いながら、廊下の窓から教室の内部をのぞき込んだ。女学生の頃によくのぞき込んだ姿勢で、西田は手摺《てすり》に両ひじをかけて、上半身を教室に折り込む格好で、室内を見まわした。そして、これはわたしのクラスよ、と言った。西田も、壁のドアのノブに記憶がある、という。二人がもっているノブの記憶は、二人とも正しいのかもしれなかった。ただ、出入り口が一つしかない角の教室なのか、それとも角の教室に壁を接した、共通のドアを持った教室なのか。いずれにしても西田と私の教室は、隣り合っていた事は確かなようだった。

西田と私は、転校生の心細さから親しくなったが、卒業までに同じクラスになったことはない。二人が同じ教室の想い出を持っているのは、おかしなことだった。

大木が、西田の横から教室をのぞいた。

「きぬ子は、この教室やったよ、同じクラスやったと。」と大木は、私たち二人に聞いた。私は、違う、と答えた。西田も、きぬ子と一緒のクラスになった覚えはない、と答えた。

「この壁に、大穴のあいとったね。」話しながら大木は、教室に入って行く。大木は些細《ささい》な部分まで、記憶していた。大木に続いて、私たちも教室に入った。陽がかげった教室には、講堂と同じように椅子も机もない。白ぼくの粉が浮いた黒板が、廊下側の壁にかかっている。

教室の横の壁にかかったこの黒板は、生徒用の掲示板である。黒板の右後ろに、問題のドアがついていた。大木が説明した壁の大穴は、黒板とドアの間の壁にあいていた。穴は、教室のやや後ろ寄りになる。女学生二人が並んで通れる大きさで、そこから、隣りの教室の授業風景が見えた。授業にあきると、私は振り返って、穴から見える範囲の、隣りの教室の友達に目くばせを送った。穴はすぐに補修されたが、記憶をたどっていけば、角の教室は、やはり私のクラスのように思えた。背丈が低かった私は、教室の前に坐っていた。

前の座席から振り返って、隣りの教室が壁の穴から見えるのは、この角の教室しかない。

「覚えとる？」と大木が聞いた。きぬ子の空罐《あきかん》？　と重ねて聞く。空罐を、どうかしなったと、と野田が聞いた。

「ほら、空罐におとうさんと、おかあさんの骨ば入れて、毎日持って来とんなったでしたい。」と大木が言った。ああ、と私は叫んだ。あの少女が、きぬ子だったのか。それならばきぬ子と私は、クラスメートになる。両親の骨を手さげカバンに入れて、登校して来ていた少女を、私は覚えている。少女は、赤く、炎でただれた蓋のない空罐に、骨を入れていた。骨がこぼれ落ちないように、口に新聞紙をかけて、赤い糸で結わえてあった。少女は席に着くと、手さげカバンの中から、教科書を出す。それから両手で抱きあげるように、空罐を取り出す。そして、それを机の右端に置く。授業が終わると、手さげカバンの底に、両手でしまい、帰って行く。初め、私たちは空罐の中身が何であるか、誰も知らなかった。少女も話そうとしない。被爆後、私たちは空明からさまに話さない事が多くなっていたので、気にかかりながら、誰も尋ねなかった。少女の、空罐を取り扱う指先が、いかにも愛《いと》しそうに見えて、いっそう聞くのをはばかった。

書道の時間だった。復員[20]して帰って来た若い書道の教師が、ある日、机の上の空罐に気がついた。半紙と硯《すずり》と教科書で、机の上は一杯になっている。

「その罐は何だ。机の中にしまえ。」と教壇から教師が言った。少女はうつむいて、空罐をモンペ[21]のひざに抱いた。そして、泣き出した。教師が理由を聞いた。

「とうさんと、かあさんの骨です。」と少女が答えた。書道の教師は、少女の手から、空罐を取った。それを教壇の机の中央に置いた。ご両親の冥福をお祈りして、黙禱を捧げよう、と教師は目を閉じた。ながい沈黙の後で、教師は、空罐を少女の机に返して、「明日からは、家に置いてきなさい、ご両親は、君の帰りを家で待ってて下さるよ、その方がいい。」と言った。

あの時の少女が、きぬ子だったのだ。空罐事件は、私の少女時代に錐《きり》を刺し込んだような、心の痛みになって残っていた。空罐の持ち主が誰だったか、と言うことよりも、事件そのものの方が、印象が深くあった。焼けた家の跡に立って、白い灰の底から父と母の骨を拾う、幼いきぬ子の、うつむいた姿が、薄暗い教室の中に浮かびあがった。あの空罐は、いま何処にあるのだろう。きぬ子は、まだ、赤さびた空罐に両親の骨を入れて、独り住まいの部屋の机に、置いているのだろうか。

昨年、K寺で逢ったときにも、きぬ子は両親の話には触れなかった。現在の生活も、過去の生活も、いっさいを口にしなかった。あの頃、背中のガラスは、既に痛みはじめていたのかもしれない。

きぬ子は、あした入院するという。きぬ子の背中から、三十年前のガラス片は、何個でてくるだろう。光の中に取り出された白い脂肪のぬめった珠《たま》は、どんな光を放つのだろうか。

20 復員　戦争で召集された軍人などが、召集を解かれて兵役を離れること。
21 モンペ　第二次世界大戦中は女性のふだん着として用いられた、足首の部分がすぼまったズボン。

カプリンスキー氏《し》

遠藤《えんどう》周作《しゅうさく》

発表――一九七八（昭和五三）年

高校国語教科書初出――二〇〇三（平成一五）年

東京書籍『精選国語総合』

　ワルシャワ[1]を朝たち、クラコフ[2]の町に着いたのは午後四時頃だった。

町は至るところに雪が残っていた。私たちの乗った市電が中世の城壁にそってカーブした時、軋《きし》んだ音をたてた。風はつめたく、雪と泥で汚れた路《みち》を、毛皮の帽子をかぶり、手袋をはめた人々が黙々と歩いていた。ポーランド[3]に来て、まだ一週間もたっておらず、ポーランドの事情については何もわからなかったが、ワルシャワでもこのクラコフでも、人間の顔はすべて暗く、不機嫌に見える。冬のせいかもしれぬ、そう、私は思おうとした。

　ワルシャワの出版社が予約してくれたホテルにつくと、着古した洋服を着た五十過

1 ワルシャワ　ポーランドの首都。 2 クラコフ　ポーランド南部にある古都。クラクフ。 3 ポーランド　十世紀に成立したが、十八世紀末に滅亡。第一次世界大戦後、共和国として独立するが、一九三九年、ドイツ・ソ連に分割・統治される。第二次世界大戦後、独立を果たし、ソ連の政治的・軍事的影響下に置かれていたが、一九八九年に民主化された。

ぎの男がロビーの椅子から立ちあがり、微笑《ほほえ》みながら私たちに近づいてきた。

「カプリンスキーです。クラコフの作家です。」

彼は私と同じくらい下手な仏蘭西《フランス》語で挨拶をした。挨拶をしながら彼は鳶色《とびいろ》のやわらかな眼《め》で私と妻とI君とを見つめたが、そのやさしい微笑にはなぜか悲しそうな翳《かげ》があった。

「およろしかったら夜にならない前、中世の広場を御案内しましょうか。」

六時間の車の旅行でくたびれていたものの、やっぱり私はうなずいた。彼をロビーに残して部屋に荷物をおきにのぼり、着がえをしていると洗面所で手を洗おうとした妻が嬉《うれ》しそうに叫んだ。

「あら、赤くないお湯が出るわ。」

ワルシャワのホテルで私たちは毎日、錆《さび》で褐色に染まった水で顔を洗い、口をすすいだのだ。

カプリンスキー氏は彼の中古車に我々三人をのせ、中世の鐘楼や家や教会がまだそのまま残っている広場に連れていってくれた。雪はこの広場も埋《うず》めていて、その上を買物籠をさげ毛皮の帽子をかぶった男女が歩きまわっていた。寒かった。さっきは夕《ゆう》陽《ひ》のさしていた雪も次第に蒼《あお》ざめ、靴のなかが氷のようにつめたくなった。

「ワルシャワはすべてナチス[4]のため破壊されましたが、幸い、このクラコフは助かりました。」とカプリンスキー氏は私と肩を並べながら話しかけた。「だから、この鐘楼や教会は十四世紀のままです。」

彼は時々、たちどまり、外套《がいとう》のポケットからよごれたハンカチを出し、大きな音をたてて鼻をかんだ。

「私の作品はみなこのクラコフの町が背景です。詩も作りましたが、クラコフを賞《ほ》めたたえたものです。」

くたびれを感じはじめた。朝からの旅行のせいではなく、自分とはまったく異質の作家と話している時にいつも感じる疲れである。私はさっきのホテルの部屋を思いだし、あそこに戻って久しぶりに錆びていない熱い湯につかりたいと考えた。

「鐘楼の鐘は六時半になると鳴ります。六世紀の間、この町では毎日、そうしてきた

4 ナチス　ナチス・ドイツのこと。民族主義と反ユダヤ主義を掲げたヒトラーを党首とするドイツの政党の通称。一九三九年のポーランド侵攻では、裕福な地主・聖職者・知識層（公務員・教師・医師・ジャーナリストなど）を虐殺したり、刑務所や強制収容所に収監した。

のです。鐘が鳴ると昔は町を囲む城壁の門を閉じたわけです。」

彼は妻に時間をたずね、間もなく六時半だと知るとなぜか、一軒の家かげに我々を連れていった。屋根から風に舞って雪の粉が我々の顔にあたった。

「ほら、もうすぐです。もうすぐ聞こえますよ。」

秘密でもうちあけるようにカプリンスキー氏は私の耳に顔を近づけたが、大蒜《にんにく》の臭いがその吐く息に匂った。彼が大蒜入りのソーセージを食べながら、クラコフを讃《たた》える詩を作っている姿がふと浮かびあがった、その時、鐘の音がきこえた。反響が灰色の空に消えるまでカプリンスキー氏はうっとりと眼を閉じてそれを聞いていた。

やっと広場の一角にある小さなレストランに案内してもらった。店内には煖炉《だんろ》に火が燃え、頬の真っ赤な若い女の子が真っ白なテーブル・クロースにスープ皿を並べていた。凍えた手足を煖炉で暖め、湯気のたつ豆のスープを口に入れた時、はじめて救われたような気になった。

食事中、カプリンスキー氏は彼の家族の話をしてくれた。娘が一人いて、このクラコフの音楽学校で教えているという。話しながら彼の顔にあのやさしい微笑がふたたび浮かんだ。

「土曜日の夜は、いつも娘と私とで合奏をするのです。」

「お嬢さま、ピアノですか。」

妻がたずねると、彼は嬉しそうに、

「いえ、ヴァイオリンです。ピアノを奏《ひ》くのは私です。」

「ピアノをあなたがお奏きになるんですか。」

「ええ。子供の時から。若い頃は私は姉ともよく、今の家で合奏をしました。妹もヴァイオリンが上手でしてね。」

カプリンスキー氏の家はきっとクラコフの由緒ある旧貴族か、地主の家なのだろうと思った。水兵服を着た少年がその姉と客の前でコンチェルト[5]を奏でている光景が私の眼にうかんだ。戦争前のヨーロッパにはそんな家庭が多かったぐらい、日本人の私も知っていた。

「明日はどこに御案内しましょう。」

黒すぐり[6]のゼリーがデザートに出された時、スプーンを動かしながら、彼はI君と

5 コンチェルト　協奏曲。［イタリア語］concerto　6 黒すぐり　ユキノシタ科の落葉低木の実。カシス。

私にたずねた。

「ここの大教会も古城も是非、見て頂きたいのですが……。」

「実は……。」と私は少し顔を強張《こわば》らせながら答えた。「クラコフに来たのは……アウ[7]シュヴィッツが近いと聞いたからでして……できればぼくたちはあの収容所を見たいのです。家内だけはやめると言っていますが……。」

黒すぐりのゼリーの上で彼のスプーンが動くのを突然やめた。ゆっくり、カプリンスキー氏は私を凝視した。

「アウシュヴィッツですか。」

「はい。」

「では、……御案内しましょう。」

「しかし……なんなら家内をその古城に連れていってやってください。ぼくたちはタクシーで別行動をとれますから。」

「いいえ。私が御案内するほうがいいと思います。私は……あのアウシュヴィッツ収容所の囚人でしたから……。」

小さな針を一面にまきちらしたように落葉松《からまつ》[8]の森がきらきら光っていた。枝にかぶさった雪に陽の光が反射しているのである。昨日とちがって冬空はからっと晴れあがり、カプリンスキー氏の中古車に乗った私たちはクラコフの町を一時間ほど離れた耕作地を走っていたがその車のなかさえ暖かかった。

アウシュヴィッツに行くのは昔から希望していたことだった。人間がどこまで堕《お》ちるかと言うことより、そこで人間だったある神父[9]の死の話が私を前から感動させていた。日本の長崎にも布教に来たその神父は一時帰国の折、この収容所に入れられたが、死刑を宣告された囚人を救うため、自らが身代わりになることを進んで申し出て、飢餓室のなかで息絶えたのである。その彼が閉じこめられて一滴の水も与えられず二週間後に死んだ場所を私は一生のうち、一度は、見ておきたかったのだ。

「アウシュヴィッツという標識が見えましたよ。」

7 アウシュヴィッツ　ポーランド南部の都市オシフィエンチム（ドイツ名・アウシュヴィッツ）のこと。第二次世界大戦中、ナチス・ドイツが強制収容所を作り、多数のユダヤ人やポーランド人、政治犯などが虐殺された。アウシュビッツ。［ドイツ語］Auschwitz　8 落葉松　マツ科の落葉高木。　9 ある神父　ポーランド出身のフランシスコ修道会士、コルベ神父（Maksymilian Kolbe　一八九四―一九四一年）のこと。一九三〇（昭和五）年に来日、長崎に養護施設を設立。帰国後、アウシュヴィッツ収容所で餓死刑の囚人の身代わりになって殉教。

とI君が教えてくれた、I君はワルシャワ滞在の日本学生でこの旅行中、私たち夫婦の世話をしてくれているのである。彼もこの地獄の収容所に来るのは初めてだった。

停車場があらわれた。雪のなかに引き込み線の線路が黒くのび、貨車が何台かとまっている。フランクルの『夜と霧』のなかに出ていた写真とそのままだ。この停車場に毎日、毎日、何万という男女が貨車に入れられて運ばれ、ここから収容所に向かったのである。

運転席に座ったカプリンスキー氏はさっきから何も言わなかった。昨日と同じ服を着て、昨日と同じ古ぼけた襟巻きを首にまいた彼はやや背をまげて停車場のあたりから左折させた。むこうに森がみえ、路はその森に向かって真《ま》っ直《す》ぐに続いている。左側に二棟のアパートがあって、その隣に学校の校舎のような赤煉瓦《あかれんが》の古風な建物が並んでいる。カプリンスキー氏は車を停《と》めた。

「着きました。」

と彼は私たちをふりかえり、あの微笑を浮かべた。微笑にはやっぱり諦めたような悲しい翳があった。

ここがアウシュヴィッツ収容所なのか。信じられなかった。冬空はあくまで青い。空気はつめたいが、爽やかで、落葉松は小さな針をまきちらしたようにきらきら光っている。そして小鳥が楽しげに鳴いている。すべてが平和でしんと静かである。そのふかい静寂に包まれて私が学校の校舎かと思った収容所の建物が昔のままに並んでいる。耳をすませてみた。収容所の方角からは悲鳴も聞こえない。呻《うめ》き声も聞こえない。そこで死んだ何十万人の人間がまるで声をひそめ、私たちの来るのをじっと待っているのだ。カプリンスキー氏は両手を上衣《うわぎ》のポケットに入れて私たち二人の前を黙々と歩いている。

靴の下でかたい凍雪《しみゆき》が乾いた音をたてている。陽光の反射する雪は眼にまぶしいが、そのほうがまだ有り難かった。三十年前無数の人間がガス室に向かって歩いていった同じ地面を自分は今、踏んでいる。それはたまらない感じだったが、ともかくもその地面を雪が覆い、かくしてくれているのだ。

雪の上に鉄条網と鉄の門とが黒く孤独に見えてきた、鉄の門に写真で見馴《みな》れた唐草

10　フランクル Viktor Emil Frankl 一九〇五年—九七年。オーストリアの精神医学者。第二次世界大戦中のナチスの収容所での体験をもとに『夜と霧』を執筆。

模様の黒い独逸《ドイツ》文字が浮かびあがっていた。「労働は自由を与える」。小鳥の声がまた楽しげに聞こえてくる。そして構内には私たち三人のほか誰も歩いてはいなかった。

カプリンスキー氏は何も言わない。さっきから私には彼の心がわからなくなっていた。この人がこの収容所でどんな経験をしたのか、何を見たのか、こちらも好奇心で問うのをはばかったし、向こうも話してはくれなかった。しかし彼にはこの地面、この鉄門、あの建物、そして遠くに見えるあの裸の木々の一本一本に、忘れようとしても忘れられぬ思い出がまつわりついている筈《はず》だ。私がカプリンスキー氏ならば二度とその場所に戻ってきたくはない。まして日本から来た男を案内しようという気にもなれぬだろう。なんのために彼が私たちの前を歩き、何を今、考えているのか、私にはわからない。着古した外套に包まれたその猫背のうしろ姿を時々、見ながら、私たちはあとをついていった。

赤煉瓦のひとつの建物に入った。そこの部屋には大きな硝子《ガラス》ケースに無数の囚人たちの義足や眼鏡が収められてあった。小さな子供が持ってきた玩具の山もあった。その山のなかに手をあどけなくひろげた女の子の人形が大きな丸い眼で私を見あげていた。ながい間、私はその人形の大きな眼を見つめていた。その眼は怖《おそ》ろしかった。

別の建物には囚人たちの寝室が残っていた。三段になった木の台の幅は二メートルもない。その二メートルの台に五人から六人、寝かされたという。囚人の食器。木の椀《わん》に一日、一度だけ湯のようなスープと一個のパンしか与えられなかったという。四人は四カ月後には大半は骸骨のように痩せこけ、腹だけ異常にふくれあがって死んでいった。部屋の一つ一つにはそれら日常生活の道具と説明を書いたプレートが並んでいる。

ある部屋には幽鬼のような囚人たちが並んでいる写真があった。地面に転がされたままになっている死体のそばで、考える力も、感じる気力もなく、放心したように一人立っている中年の男の写真もあった。一糸まとわぬ裸のまま、独逸兵の前を走らされている女や、主任《カーポ》にゴム棒で撲《なぐ》られ、うずくまって手で頭を覆っている青年も写されていた。

建物を出るたび地面の凍雪の白さが眼を刺した。私が息を大きく吐くと、I君も同じ動作をした。外の冷気にも三十年前、拷問の臭い、悲鳴と呻き声、死臭がこもっていたことは知っていたものの、そうせざるをえなかったのだ。

物干し台のように鉄棒を支えた二本の柱は絞首刑を行った跡だった。毎朝、点呼の時、囚人がこの前に並ばされ、脱走を計った者が首をつられるのを見ねばならなかった場所である。

だがそれらを私たちはカプリンスキー氏から説明してもらったのではない。カプリンスキー氏は相変わらず黙ったまま、私たちが建物のなかや外に立てられた立て札の、英仏語で書かれた説明書きを読んでいる間も、じっとそばに立っているだけだった。そして私たちがその場から離れようとすると、また、くるりと背を向けて黙々と歩いていくのだった。

彼が今、私たちを連れて行こうとする方角に煉瓦造りの煙突が二本、そびえていた。雪をかぶったその二本の煙突を見た時、自分が遂《つい》にあの大量虐殺のガス室に近づいているのだと、すぐわかった。瞬間、体の震えるのを感じた。

相変わらず何処《どこ》かから小鳥が楽しげに鳴いている。空はあくまで青い。めまいがする。うつむいて、トロッコ用の二本の線路の間を歩いていった。その線路はガス室で殺した死体をトロッコで運ぶためのものである。工場のような内部は虚《うつ》ろだった。あちこちに枯れかかった花束が置かれていた。巨大な無人の室の一角に死体焼却炉がくろい口を開いてこちらを見つめていた。その焼却炉の上にも枯れた花束が幾つか、並んでいた。

隣のもう一つの大きな室もがらんとしていた。むきだしのコンクリートの壁の四方にパイプが走っている。天井のあちこちに小さな穴があいている。そこからガスが出されたのである。壁には無数の引《ひ》っ掻《か》いたような傷がある。ここで苦しみ、もがいた囚人たちが必死で爪をたてた跡なのだ。

眼をつぶったまま、じっと立っていた。何も聞こえない。私がアーと言うと、そのアーと言う声が反響してきた。

頭痛を怺《こら》えながら外に出た。カプリンスキー氏は外套のポケットに両手を入れ、また黙って先を歩いていく。私には彼がそうやって、このアウシュヴィッツの苦しみを味わわなかった私たちに無言の復讐《ふくしゅう》をやっているのではないかとさえ思われてきた。

ガス室からそう遠くない赤煉瓦の建物に来ると、カプリンスキー氏は勝手知ったもののように中に消えた。「第四ブロック[12]。ここでは囚人の処刑と拷問を行った。」というプレートが煉瓦の壁にはめこまれていた。右手に訊問室《じんもんしつ》が当時のまま、机や椅子を

11 トロッコ　レールを走らせる土木工事用の手押し車。12 ブロック　一区画。［英語］block

その位置に残して保存されていた。その隣の部屋にはここで使用した拷問の道具が並べられていた。鞭《むち》や鉄の棒やロープがぶらさがっている。

その部屋を出た時、私は廊下の左側の壁が一面、塗りたくったようにべっとり灰色なのに気がついた。いや、それは塗りたくったのではなく、無数の小さな写真がそこに飾られていたのだ。

写真はすべて、ここで殺された囚人たちの顔だった。囚人たちはいずれも眼を大きく見ひらいている。私たちを凝視している。今日まで私はこれほど恐怖で歪《ゆが》んだ人間の顔を見たことはなかった。彼等《かれら》はみな、棒縞《ぼうじま》の囚人服を着て、頭をそられていた。男かと思えばそれは女の顔であり、子供かと思えばそれは娘だった。

カプリンスキー氏がそばに立っていた。彼はゆっくりと右手をあげ、その一つの写真を指さした。丸坊主にされた青年のような若い女性がやはり眼を見開いて、私たちを見つめていた。

「私の姉です。」

彼は言った。そしてその顔に昨日から私がたびたび見たあの諦めたような微笑がゆっくり浮かんだ。

出征《しゅっせい》

大岡昇平《おおおかしょうへい》

発表——一九八〇（昭和五五）年
高校国語教科書初出——一九九〇（平成二）年

筑摩書房『新編　現代文』

明け方の兵舎を我々は歩いていた。薄暗い電灯に照らされた影の多い室内には、兵たちのいびきと我々の靴音のみ響いた。古い兵舎の匂い、木と油と埃《ほこり》と汗の混じった匂いとも、今日でお別れかと思えば懐かしくもある。

昭和十九年六月十日の明け方であった。我々東京の補充兵[1]は三カ月の教育召集[2]を終え、今日解放されるはずであった。着替えの衣服も数日前の面会で受け取ってあった。私ほか一人の僚友は今最後の不寝番に就いているところである。

一回りして玄関に立っていると、衛兵下番《かばん》[3]の古兵が一人帰って来た。我々は駆け寄り敬礼していった。

「陸軍歩兵二等兵[4]大岡ほか一名、不寝番勤務中、異状ありません。御苦労様でありま

1 **補充兵** 徴兵検査で合格したあとも現役兵にはつかず、軍隊で欠員が生じた時、また、戦時に補充のために召集される兵。 2 **教育召集** 軍事訓練のために補充兵を召集すること。 3 **衛兵下番** 「衛兵」は警備、監視などに当たる兵。「下番」はその勤務・当番が終わること。 4 **二等兵** 旧陸軍で最下級の兵。

した。」

最後の一句は衛兵勤務に対する挨拶である。古兵は捨てぜりふを残して階段を上ろうとした。僚友はこの古兵と親しかった。彼はその背中に向かって幾分なれなれしく、「自分らの最後の不寝番であります。」といった。相手は振り向き、

「え、お前たち[5]前線行きじゃねえのか。」といった。

衝撃は例えば我々の体を通り抜けたようであった。それは我々が除隊の喜びの底に漠然と感じていた危惧で、全然不意を突かれたものではなかったが、膝に力が抜けたように感じ、口をきくことはできなかった。

「おっと、いっちゃいけなかったのか。」と古兵はつぶやき、あいまいに笑って上って行った。

入営当初我々はこの東部第二部隊（[6]近衛《このえ》第一連隊）の補充にあてられる予定らしく、教育方針も何ら前線出動を予想させぬのんびりしたものであったが、しだいに様子が変になってきた。不意に退船訓練が行われ、熱帯衛生についての学科があったりした。我々が教育満期と共に[7]南方に送られるのだという噂が、どこからともなく伝わり出した。それは[8]入営当初は我々のむ

しろ覚悟していたところであったが、なまじ最初の教育がゆるやかであっただけに、我々は裏切られたような不満を覚えた。しかし数日前面会が許され、全員除隊用の私物を受け取るに及んで、不安はいちおう解消した。

しかし営内の様子は依然として変であった。使役[9]が隣接の東部第三部隊の倉庫に送られ、明らかに南方用と思われる被服を受領して来た。不安を感じた一人の兵は倉庫係の下士官[10]に、

「班長殿、自分らは前線へ行くのでありましょうか。」ときいたが、返事は、「だって、お前たちもう私物をもらったんだろう。」だけだったそうである。下士官の顔は無表情で、何も読みとることはできなかった。

「おれたちをだまして、被服の使役までさせるのはひどすぎる。まさかそんなこともあるめえ。」とその兵はいったが、「そんなこと」はやはりあったのである。

---

5 **前線** 戦争で、敵と直接向かい合う場所。 6 **近衛第一連隊** 皇居の守護、首都の警備などに任じた。 7 **南方** 当時、日本が進出していたフィリピン諸島や東南アジア諸国。 8 **入営** 兵役義務者が、軍隊が居住する兵務地に入ること。 9 **使役** 軍隊で、軍務以外に臨時の仕事をさせること。また、させられる兵。 10 **下士官** 旧陸海軍で、准士官と兵の間の階級。陸軍では、曹長、軍曹、伍長がこれにあたる。

それから起床まで不寝番の短い残りの時間、我々は互いに口をきかなかった。口にするのがおそろしい問題だったのである。

古兵の間違いであればいい、きっと間違いに相違ない、というのがやはり我々の唯一の希望であった。この軽率な古兵は三年たっても[11]上等兵になれない劣等生で、我々が彼にその階級を思い出させないために、特に「何々三年兵殿」と呼ばねばならぬ種類の兵隊であった。

起床、点呼、食事と続く忙しい朝の行事にも、兵たちの動作と会話は一段と活発であった。多くの者がその日の午後家族と共にすべき楽しい予定について語った。彼らの様子を見て、朝の事件はやはり私の喉につかえたままであった。

食事の後、[12]中隊全部の初年兵約百名が一室に集合させられた。教官の最後の訓示がある由である。教官は一葉の紙を持っていた。一段高いところへ上がると彼はいった。

「今これから名前を呼ぶ者は直ちに除隊。呼ばない者は残る。」

そして呼んでいった。順序は不同らしかった。呼び進むにつれ、私の前に立った兵士の肩がしだいに細かく震えてゆくのに私は気がついた。その兵も私もとうとう名を呼ばれなかった。

信じられないことが起こったのである。聞きもらしたのではないかと、私はもう一度ゆっくり教官の呼んだ名前を頭の中で繰り返そうとした。しかしそんなことができるはずはなく、ただたしかに私が呼ばれなかったという感じだけがはっきりしてきた。百名中約半数が残った。私の班からは四十名中十六名が残った。教官は、

「除隊する者は、私物に着替えて直ちに営庭に整列。」

といって、あとは我々の顔を見ないように横を向いて去った。

慌ただしい一瞬であった。別れの挨拶をする暇もない。去る者も我々にいうべき言葉もないところであろう。彼らが背広や国民服[13]に着替え短靴をはく動作に現れた、何かいそいそとした調子は、残る者の胸をえぐった。去った者の被服や装具を種類別に卓上に積み上げるのが、残留者に課せられた最初の残酷な任務であった。それを済ますと下士官に引率されて営庭[14]へ出た。

除隊者たちは既に訓示を受け終わった後であった。彼らの地方人[15]の服装を眺めるの

---

11 **上等兵** 旧陸軍で、兵長の下、一等兵の上の階級の兵。 12 **中隊** 軍隊の編制上の単位。通常、三、四小隊からなり、さらに三、四中隊で大隊となる。 13 **国民服** 第二次世界大戦中、男子の常用服として定められていた服装。カーキ色（黄土色）で、軍服に似ている。 14 **営庭** 兵営内の広場。 15 **地方人** 一般人を指す、旧軍隊の用語。

は我々にとって新しい苦痛であった。三十分前まで我々だってその服を着るつもりだったのである。我々は一列に並んで向かい合い、教官の命令で一斉に敬礼した。型のごとく指をこめかみに当てながら私は除隊者の中の親しい者の顔を見ることもできなかった。視線は彼らの頭上の一点に固定したまま動かなかった。

教官は我々を集めていった。

「みなお前たちが無事に前線に着くためにやったことだから悪く思うなよ。敵の諜報[16]《ちょうほう》機関の活動は近ごろとみに活発を加え、部隊が動くことがもれると、必ず潜水艦が近海に現れる。」

その日のうちに我々は全部新しい被服を渡された。被服はやはり第三部隊の倉庫から受領して来た南方用のものであった。すべて新品であったが、帯革[17]《たいかく》が布製なら靴は鮫皮《さめがわ》というふうに、みな今まで教育用に使っていた、古いが堅牢《けんろう》なものに比べて、著しくちゃちであった。全部身につけてみると我ながら間が抜けて、玩具《おもちゃ》の兵隊のように感じられた。

そのかっこうで我々は翌日営庭に整列し、連隊長の訓示を受けた。我々はその日付をもって新たに臨時召集[18]とされ、隣の東部第三部隊で、輸送大隊に編成される由である。外泊は依然防諜《ぼうちょう》の見地から許されず、詭計《きけい》[19]によって受け取らされた私物を返しかたがた、通知者一人を限って十六日に面会が許される。

神戸《こうべ》のある造船所に勤務する私は東京に家族を持っていなかった。面会はいつも東京に在住する友人に来てもらう。彼は私が半年ばかり前に辞めた神戸の工業会社の東京支社員で、現在は勤務先を異にしているが、新しい会社に私はまだ友人を持つにいたらなかったので、専ら彼を煩わして煙草《たばこ》その他必需品を差し入れてもらっていた。

唯一の通知者として私は無論その友人を選んだが、私の問題は神戸の家族を呼ぶべきか否かであった。家族は妻と二人の子供であるが、神戸に生まれて一度も東京に出たことがない妻に、果たして二人の子供を連れて上京さすべきか否か、が問題であった。最初教育召集の令状を受けた時、私は無論出征[20]を覚悟したが、教育召集であるから普通の例に従って、一日くらい帰れるものとして、別れてきてあった。殊に前の面

16 諜報機関の活動　敵の状況を探り出す仕事。 17 帯革　ベルト。 18 臨時召集　戦時、必要のある場合に、臨時に在郷軍人を召集すること。 19 詭計　人をだまして陥れようとする計画。 20 出征　軍隊に加わって戦争に行くこと。

会で私物を受け取った時、友人は彼女に除隊の予定を告げたであろうから、今ごろ妻は待っているはずである。

私は妻を呼ぶまいと思った。一時間ぐらい会ってもしかたがない。そのため旅なれぬ彼女に困難な旅をさせ、不案内な東京をうろうろさすには当たるまい。会っても会わなくても、私が前線に送られ、敗軍の中に死ぬのは同じことである。未練だ。

出征はかねて私の予期していたことであった。十八年の秋私が前の会社を辞めた時、私は日本が敗《ま》けつつあること、近い将来に私のような三十代の補充兵も前線で死なねばならぬ時が来るのを覚悟した。問題はそれまで私の生涯の最後の日をどう過ごすかであった。いずれにしても資産のない私は勤め口を見つけねばならないのであるが、当時私には二つの候補があった。一つは俸給[21]もよし勤務も楽であるが、出征後家族に手当を出さない所、一つは前の二つの条件は両方とも悪いが、入社当日に召集されても家族に本俸[22]を支払う所であった。生涯の最後の日、という観点からすれば、無論前者をとるべきであったが、私は反省した。もし私がそっちをとれば、召集されて前線で死ぬまでの間に、きっと後悔するであろう。「よし、ここで死んでしまえ。」と私は思った。いずれ身すぎ世すぎ[23]にすぎない仕事に、多少の安楽のために後悔の種を作るべきではない。私はこの決定をした神戸の暗い坂道をまだ覚えている。そして私はある造船所の事務員となり、朝六時に家を出て、夜八時に帰って半年を暮らした。召集令状[24]が来た時、私は自分の予想が的中したことにひそかに快哉《かいさい》を叫んだが、予想は何もそう的中する必要もなかったのは事実である。

そしてその時自分を殺してしまった私の気持ちから推せば、今家族に会う会わないはどっちでもいいのである。私は妻を呼ばないことにきめ、面会に来る友人に託すべき遺言を書いた。その文面はほぼおぼえている。

「生きて還《かえ》るつもりであるが、死ぬかもわからない。あなたは多分ひとりで子供を育てるつもりになるだろうが、それは必ずしも私の望みではない。幸せがあると思ったら迷ってはいけない。

鞆絵《ともえ》（これは五歳になる長女の名である）は器量が悪いから、よく勉強をして賢くならないとお嫁にもらい手がないといってくれ。

---

21 俸給　給料。　22 本俸　基本給。　23 身すぎ世すぎ　生計。生活のための手段。　24 召集令状　兵役にあるものを召集する令状。

貞一（これは三歳の長男）は器量がいいから、気をつけないと不良少年になる。

子供たちへ。お父さんはいなくなるかもしれないが、お母さんを大事にしてりっぱな人にならなければいけない。お父さんがいないからといって、だめになるような子は、お父さんの子供ではない。」

最後の言葉は子供たちが大きくなった時、感傷によって多少とも彼らを刺激することができればいいぐらいの気持ちで、付け加えたものである。私は自分がこれまで自分一人で運を切り開いてきたとうぬぼれていたのである。

私たちの班は温和な近衛連隊長の奇妙な衒学《げんがく》[25]趣味によって、専門学校[26]以上を出た者ばかり集めていた。そうして農民や労働者とは別な方針で教育すれば、時間の経済であるうえ、優秀な兵隊が出来上がるだろう、というのが彼の夢であったが、現実はこれに反した。農民出の班長や助教[27]が、我々の差別待遇に示した嫉視と意地悪は別としても、何よりも連隊長はこれら学校出の道徳的腐敗を勘定に入れてなかったのである。

我々は三カ月の教育期間を何とかごまかして過ごそうとしか思っていず、そのごまかし方は正確に学校において学課をできるだけごまかして、卒業証書だけを握ろうとした方法と同じであった。いかにも旧弊[28]な日本の軍隊が我々に課する日課は愚劣にして苛酷《かこく》なものであるが、それは我々がそれを陋劣《ろうれつ》[29]にごまかす口実とはならない。

私はこれら僚友の様子を見て、私の子供は、学校へ入れるのをよそうかと思ったくらいである。社会が腐敗している以上、学生だけを腐敗から守ろうとしてもできない相談である。私は大正の成り金[30]であった父の出世主義により「体に元手をつけといてやる」という意味で、普通最高といわれる教育を受けた者であるが、書籍を自由に読める齢《とし》に達して以来、学校の教師からは何一つ教わった覚えがない。私の子供が私の死によって学資を失うのはたしかに一種の不幸であるが、そのためかえって学生の集団的腐敗より免れ得るならば、これは望外の幸せかもしれない。

こういうことも私が自分がいなくなっても、必ずしも子供の発展を扼《やく》[31]することにはならないと考えた根拠であった。現代の親の扶養の義務は子供を甘やかすだけのものである。

---

25 **衒学趣味**　知識や学問があることをひけらかすような趣味。　26 **専門学校**　ここでは、旧学制下で、専門教育を行った学校。大学、旧制高等学校とともに、高等教育機関の一つ。　27 **助教**　教育に当たる将校を手助けする下士官。　28 **旧弊**　古くからの悪い習慣や制度からくる弊害。　29 **陋劣**　卑劣。卑しく軽蔑するような様子。　30 **成り金**　急にお金持ちになった人物。　31 **扼する**　おさえつける。

しかしこれら腐敗した学校出の補充兵の態度には、前線行きときまると、明瞭な変化が現れた。彼らの学生的狡智《こうち》[32]は一瞬にして影を潜め、一種の優しいいたわりの感情が我々を結んだようである。いやな仕事はなるべく他人に譲るというそれまでの狡智は、たいてい自ら進んでやるという相互扶助の精神と替えられた。（しかしこれも仲間の一部が幸運に赴き、自分らだけ不幸の中に残された、という事実から出た一時の共通の感情にすぎなかったらしい。以来前線へ送られる途中、及び駐屯中のもろもろの軍隊日常の必要は、我々を再び元のエゴイストとし、それは米軍が上陸して敗兵と化しても去らなかった。）

ある者は私の妻子を呼ばないという決意をなじらんばかりであった。彼は新潟にいる妻を電報で呼んだところであった。

「お前はそうでも、奥さんの身になってみろ。一目会いたいかもしれねえじゃないか。」

もう一人の僚友は大阪から知人まで呼んでいた。彼らの勧告は私に妻に電報を打つ口実を与えた。私は十五日に上京し、私に面会に来る友人と連絡するように命じた。電報を人事係の准尉[33]に託してしまうと、やはり一種安堵《あんど》に似た甘い感情が私を浸した。私は妻子と会う場面をいろいろ空想し、電報を打つことをすすめてくれた僚友に感謝した。

十三日我々は東部第三部隊に転属になった。前述のようにそこで輸送大隊に編成されるのである。東部第三部隊とはわが第二部隊と営庭や建物の一部を共有した近衛第二連隊にほかならず、我々はただ営庭を突っ切ればよいのである。

と同時に我々の宿舎ははなはだ惨めになった。我々は二個中隊で狭い酒保[34]の建物に押し込められ携行の被服だけで生活することになった。毛布を床に敷き、背嚢《はいのう》[35]にもたれて眠るのである。履物も鮫皮の靴だけである。毛布とベッドがあり、上靴《じょうか》[36]、営内靴、軍靴と三種の履物を享有するそれまでの兵営生活というものが、いかに快適なものであるかを、我々は初めて思い当たった。

我々に配せられる将校[37]と下士官が召集されてぽつぽつ集まって来た。それぞれ日華[38]

32 **狡智** ずるがしこさ。 33 **准尉** 旧陸軍で、士官と下士官の間の階級。准士官。 34 **酒保** 兵営の内部で、日用品や飲食物を売る店。 35 **背嚢** 背に負う方形の物入れ。軍隊で兵士が背負うリュックサック。 36 **上靴、営内靴、軍靴** 「上靴」は上履きのこと。「営内靴」は外履き、「軍靴」は戦闘用の靴。 37 **将校** 旧軍隊で、少尉以上の武官の総称。 38 **日華戦争** 一九三七年の盧溝橋事件以降の日本と中国の戦争。日中戦争。

戦争の経験者で、大抵三度目の務めである。下士官は専ら我々を屈託[39]させないという任務を与えられたと見え、我々をしばしば営内へ軍歌練習にひき回し、空き地で様々の子供の遊戯をさせた。

付近の女学校の講堂で慰安演芸会が催されたことがある。しかし露骨な媚《こび》を呈して、やたらに感謝したり激励したりする芸人たちに、我々はただばかにされたような気がしただけである。彼らのちょっとした身振りや言葉に現れる日常的なものが、我々の胸にこたえた。

ついに面会の日が来た。我々は再び第二部隊に帰り、そこから旧中隊別に集まって、十時九《く》段《だん》[40]のある小学校に向かった。校庭には既に面会人たちが群れていて、夫や息子を見つけて、それぞれ取り囲んだ。私の通知を出した友人は他のもう一人の友人と一緒に来ていた。しかし妻の姿はなかった。

その日の朝六時ごろの汽車で着くという電報が来たので、東京駅へ迎えに行ったが、妻は出て来なかった。八重洲《やえす》[41]口へ回ってみたがやはりいない。次の次の汽車まで待って、面会の時間が迫ったので、こっちへ来た、と友人はいった。

「また夕方の六時に念のために行ってみるつもりだけどね。」

と彼は気の毒そうにいった。「今でも着いて家へ電話してくれれば、ここがわかるけど。」

「だめだね。あいつは東京、てんで知らねえから、聞いたぐらいじゃわかりゃしねえ。」

私はぼんやり門の方を眺めていたが、奇跡でも起こらない限り、妻の姿がそこから現れる可能性はない。

「女房を呼ばなくってもよかったんだね。」と傍らからもう一人の友人がいった。これは正確にその時私の考えていたことである。しかしそれを彼に先にいわれたのは少し業腹[42]だった。

「そのとおりだ。最初呼ばないつもりだったんだが、まわりのやつがみんな呼びやがるんでね。間違えたな。」

「出征とは、いよいよ悪運つきたかね。」とまたその友人がいった。

39 屈託　くよくよすること。 40 九段　東京都千代田区西部の地区。靖国神社がある。 41 八重洲口　東京駅構内の出入り口の一つ。 42 業腹　腹が立つこと。

彼はやはり私のもといた会社の技師で、私が現代理論物理学のファンであるのと同じ程度に、文学美術の愛好者であった。若いころ読書会のメンバーであったが、今はチェーホフ[43]『決闘』の動物学者フォン・コーレンのファンで、「世界中のばか者が死んでしまえばよい」という哲学者であった。我々は現在の職業を自分にふさわしくないものとうぬぼれる点で一致していた。

「そうさ、おれの班じゃ四十人中十六人残されたんだが、おれは今まで六対四の四の方へ入るなんて貧乏くじ引いたことは一度もねえ。」

私は自分の言葉に釣られて、だんだん快活に饒舌《じょうぜつ》になってきた。

「へっ、どうせおれなんか女房子供を持つ柄じゃなかったんだ。最初からもらわなかったとあきらめてもとのやくざに帰るまでさ。女房子供を恋しがってちゃ、前線はとても務まらねえからね。」

これは実感であった。事実はなかなかそうはいかなかったが。

「へっ、まあそうやけになるな。」とわがコーレンは笑った。

私は改めて私物を入れたトランクと共に、遺書その他二、三の友人にあてた手紙を、妻を迎えに行ってくれた友人に託した。これはわがコーレンとは違って気の優しい友達で、いつも面会の時持って来てくれる煙草は、彼が毎日自ら行列に並んで買いためてくれたものであった。要するに私と彼とは、私の方からは彼にいつもサーヴィスさせながら、彼の方から私に何も要求しないという間柄であった。

「何か持って来たか。」と私は彼に食べ物を促したが、彼は「食べ物を持って来てはいけない。」という通知状の文面をそのまま取って、何も持って来ていなかった。私が不服をいうと、コーレンが傍らから、

「そこはやっぱり手前《てめえ》の女房じゃないとね。」とひやかした。

まわりの面会人たちにはそれぞれ女たちが大勢ついていて、折や重箱などを開けて忙しく食べていた。

「おめえ、女房がめんどうくさいわ、っていったんだろう。」

と私は気の優しい友人の有名な女房孝行をひやかした。時はこんなふうに何となく過ぎていった。そして妻と子供はやはり面会の時間の終わりが来ても姿を現さなかった。

43 チェーホフ Anton Pavlovich Chekhov 一八六〇―一九〇四年。ロシアの小説家・劇作家。小説に、『犬を連れた奥さん』など、戯曲に、『かもめ』『三人姉妹』などがある。『決闘』（一八九一年）は、考え方、生活態度の対照的な青年同士がいざこざの末、決闘を果たそうとする話で、その一方の人物がフォン・コーレン。

集合の声がかかったが、指揮者の思いやりで面会人の到着しない者は、十分だけ帰営を遅らせることができることになった。その十人ばかりの列へ私はやはり加わった。友人たちはしばらく傍らに立っていたが、やがてコーレンは、「じゃ行くぜ。いつまでいても同じだからな。」といった。これも彼の方からいわれたのがいまいましかった。この時私は自分がやっぱり落ち目であると感じた。「じゃ、あば。」と私は手を振ったが、とにかく我々は付近に一般のすすり泣きの間で、快活な別離者の方であった。そして結局我々の列では十分の時間の延長によって、際どい運を つかんだ者は一人も出ず、やがて先発の幸福なる人々の後を追った。

その日帰営後一日私が激しい焦燥を現していたのを、私の隣人は観察している。彼はそれを妻に会えなかったためと解しているが、私のほんとうの気持ちはそうではなかった。私は自分の弱気に負けて妻を呼び、子供二人と共に東京の街に迷わしたことを後悔していたのである。

彼女は恐らく旅なれないために電報に誌《しる》した列車を逸し、今夜か明朝東京駅に着くであろう。そして土地不案内のため、どこへ行っていいかわからず迷っているであろう。今この時、彼女は二人の子供と共に灯火管制下の暗い街で、途方に暮れているかも知れぬ。そしてそれは専ら私の罪なのである。

翌日は十時から師団長[44]の軍装検査があると通告された。軍装検査の後はそのまま出発するのが普通である。私は妻のことはもう考えてもしかたがないとあきらめた。

翌日は暑かった。朝から忙しく疲れたうえ、十時から十二時まで十貫[45]以上の完全軍装（円匙《えんぴ》欠）[46]で炎天に立ち続けて、眼《め》がくらくらした。眼の鋭い師団長は、この兵隊の中には身動きする者がいると叱った。輸送大隊長の申告の中に「渡《わたり》兵団補充隊」[47]という言葉があったので、我々の行き先がマニラ[48]であることを知った。補充兵の喇叭《らっぱ》手《しゅ》は師団長の降壇に当たって吹奏を誤り、彼が十数歩歩いた時、やっと規定の曲を吹き出した。師団長はそこで立ち止まり、副官が急いで差し出した椅子に上がって、兵の捧《ささ》げ銃《つつ》[49]を受けた。変な方角にぽつんと上半身だけ浮き上がって、怒った顔で挙手の礼

44 **師団長** 師団の指揮官で、階級は中将。「師団」とは旧陸軍の作戦部隊のこと。45 **貫** 重量の単位。一貫は約三・七五キログラム。46 **円匙欠** 円匙（小型シャベル）を持たない状態。47 **渡兵団補充隊** 在フィリピン第十四軍の通称。48 **マニラ** フィリピンの首都。49 **捧げ銃** 銃を持っているときの敬礼の一つ。銃を両手で垂直に持ち、体の前でささげるようにする。

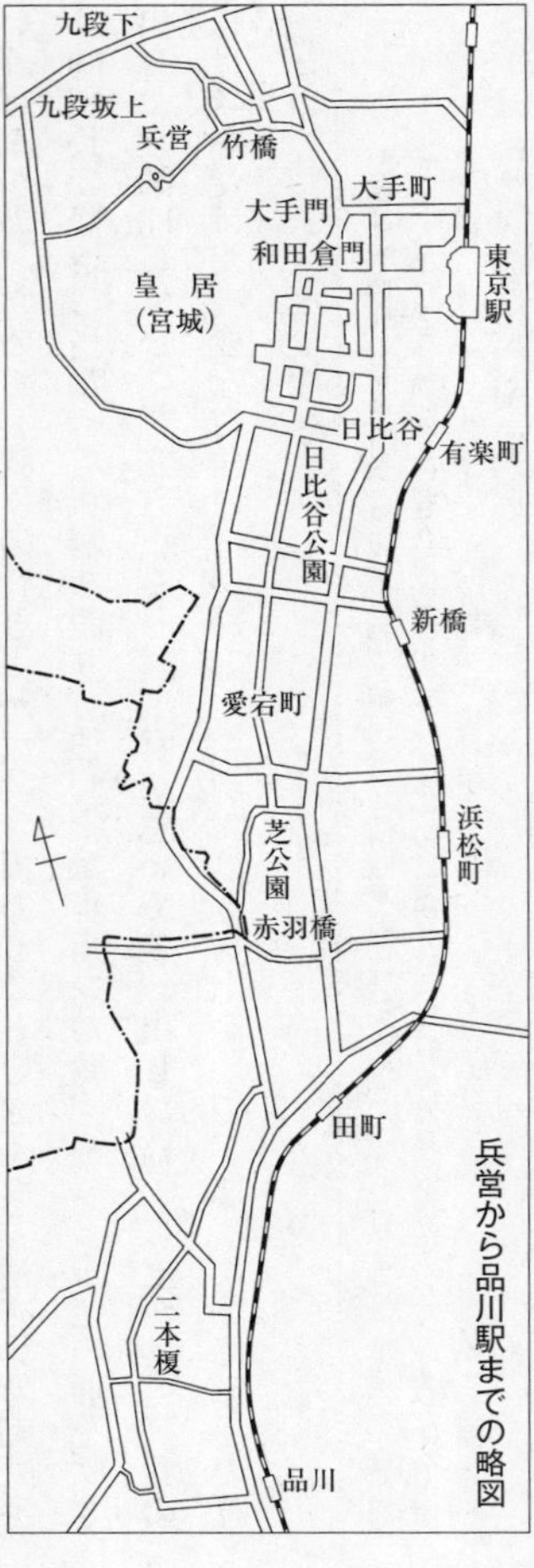

兵営から品川駅までの略図

をする彼の顔はこっけいであった。

部隊は出発した。行き先は品川駅であるという。宮城に面した門を出、竹橋へ向かって坂を下りた。難行軍であった。我々はかつてこんなに重い物を背負って歩いたことはなかった。

「銃はどうでもいいから、楽に担げ。楽にしないとへたばっちまうぞ。」と分隊長は兵を励まし、自分も銃を平らに斜めに担いだ。兵たちは「はい。」と答える余裕もなく、黙ってそれぞれ銃を倒した。列の中で銃身が触れ合った。

竹橋を過ぎたところで、赤ん坊を背負った女が駆け寄って来た。分隊の兵の一人の妻であった。彼女は今日も九段側の門へ行って、知り合いの下士官から部隊が今日出発すること、どっちの門から出ても竹橋を通るから、そこに待つようにといわれたそうである。

夫は伍《ご》[50]のはずれの位置と替わり妻と並んで歩いた。妻は兵隊と歩度を合わせるのに、夫は荷に堪えるのに精いっぱいだったようである。彼らはうつ向き押し黙って歩き続けた。和田倉《わだくら》門まで来ると、妻は「電車でさきに行ってるわね。」といって、東京駅の方へ去った。彼らはしかし品川駅前では混雑にまぎれて会えなかった。

日比谷《ひびや》公園の裏で小休止。鉄柵《てっさく》の石の台へ背嚢の底をあてがうと、別な人間になったように頭がすっきりするのに驚いた。また出発。愛宕下《あたごした》の舗装道路を真っすぐに芝公園に向かう。品川までの沿道に家を持つ兵は、駆けて通りの店に飛び込み家へ電話をかける。芝公園でまた小休止。茶店は電話をかける兵でいっぱいである。約十名の落伍者がここでトラックに収容される。赤羽橋《あかばね》からしばらく電車道を伝ったが、やが

50　伍　隊列の一組。ここでは横の一列のこと。

て右へ切れ、上りとなる。この辺から電話の通知によったのであろう、横町から家族が飛び出して来るのがしきりとなる。二本榎《にほんえのき》を通って、ついに品川駅正面の坂の上へ出た。

坂は駅前まで休む兵隊で埋まっていた。少し下りてついに「止まれ、銃を組め、背嚢を下ろして休め。」の命令が出た。汽車に乗るまでここで中休止だそうである。二時すぎであった。我々は汗にまみれていた。ほっとしたどころの騒ぎではない。楽になったんだか、ならないんだかわからない。皮肉なことだが、後比島《ひとう》[51]の僻地《へきち》を警備した我々は、後にも先にもこの完全軍装で炎天二里[52]を歩いた時ほどの難行軍はしたことはなかった。体のたががはずれたような気がする。歩道に腰を下ろして夢中で汗をふいていると、

「大岡、面会だぞ。」と道の向こう側から呼ぶ声がした。見るとそこには夢のように妻が立って、じっとこっちを見つめていた。

妻は白い単衣《ひとえ》[53]に下の男の子をひもで背負い、上の女の子の手を引いて歩道に立っていた。髪と衣服の汚れと乱れは、十間[54]以上離れてもよく見てとれた。

私はこの妻の姿に私が死んだ後の彼女の姿を見たと思った。同時に妻の方では変わ

り果てた私の姿に、「死」を見たといっている。

妻がここにいたわけは、彼女の忙しく語るところによるとこうである。電報で知らせた汽車に動顚《どうてん》から乗り遅れると、次の日の始発より指定券が取れなかった。東京へは夜七時ごろ着いたが、無論だれもいない。交番できいて八重洲口付近の宿屋へ行った。そこは満員であったが、家の娘が事情を聞いて別の宿屋へ連れて行ってくれた。娘は電車賃まで出してくれたそうで、妻は東京の人の親切に驚いたといっている。

翌朝つまりその日の朝、私の友人たちのいる会社へ電話を掛けた。コーレン氏が出て来た。彼は彼女を営門へ連れて行った。衛兵はその部隊は中央大学へ行ってるといった。（事実部隊の一部はそこにいた。）行ってみたが面会できない。コーレン氏はあきらめなさいといったが、妻はもう一度隊まで行ってみるといって、独りで九段側の営門へ引き返した。これが我々が出発した直後であった。

同じような事情で九州から上京した一人の母親がそこにいた。それは大勢の東京の

51 比島　フィリピン諸島。　52 里　一里は約三・九キロメートル。　53 単衣　裏地のない夏用の着物。　54 間　一間は、約一・八メートル。

人を含んだ人数で、営門へ知人の将校を呼び出して、部隊が品川へ向かったことを知った。そこで妻はその人たちに連れられて、やっとここまで来たのである。

我々が会えたのは全く偶然であった。しかし我々はもっと別に話すことがあるはずである。私は道に腰を下ろし妻を見つめた。私がその器量のために将来を心配している背中の男の子は、頭一面におできを出し、めやにをためて眠っている。女の子は、片足は足首から膝まで包帯して、私の異様な姿におびえたように、私が見ると顔をそむける。

妻は子供用の小さな水筒を出した。除隊する私を待って彼女がたくわえてあった配給の酒が入っていた。私は黙ってそれを飲んだ。いっぱいいうことがあるようであるが、何をいっていいのかわからなかったからである。

私と妻は普通恋愛によって結婚したと思われている。妻もそう信じていたらしいが、やがて私が一個の抜け殻にすぎないこと、彼女と同じ貨幣で支払っていないことに、彼女は気がついた。以来彼女は愛の言葉をいわなくなった。

しかし私は依然彼女が同じ愛情で私を愛しているのを知っているし、私も彼女を愛しているのは自分で知っている。ただその愛情は彼女との六年の同棲《どうせい》の間、小説にあるような優しい言葉をかける必要を感じない、そういう種類の愛情だったのである。

この最後の別れの時に、私が小説の言葉をいわないからといって、彼女を愛していないわけではない、といってやりたかった。あるいは嘘《うそ》でもいいから、彼女の納得のいく小説の言葉をひと言いってやりたかった。しかしその言葉は、この瞬間にも、どうしても私の口から出て来ないのである。

先に涙を流したのは私である。涙は汗と一緒に流れたので、私はそれを手ぬぐいで顔ごとふき取ることができた。妻もやがて顔を左右にそむけながら黙って泣き続けた。そして我々はやはり何もいわなかった。

この場面は「大岡、かあちゃん、品川駅頭涙の別れ」といって、以来永らく分隊のお笑い草だったものである。

妻はおずおず千人針[55]を出した。急に作られたものらしく、縫い目は半分も埋まっていなかったが、それでもよくこれだけ集められたものだと感心したが、彼女は上京の

55 千人針　一枚の布に千人の女性が赤糸で一針ずつ縫って結び玉をつくり、出征兵士に贈って武運と無事を祈ったもの。

満員列車の女客をことごとく煩わしたのである。私はかねてこういう迷信を好かなかったが黙って受け取った。

我々は私が水筒の配給酒を飲み干す間しか会う暇がなかった。「汽車に乗るまで」に、我々はかなりの時間を予期していたが、家族があまり列に立ち混じるので、駅前の憲兵が早く汽車に乗せることを要求したためだという。

「集まれ。」の号令に我々は不意をつかれ、もぎ離されるように別れねばならなかった。

「きっと帰って来るから、心配しないでもいいよ。」

と私はその時いったそうである。私はそれを忘れていたが、恐らくそれはとっさの場合に狩り出された私の愛情の最後の表現であった。しかし妻はただ自分を慰めるためと取った。彼女の見た私の姿で、私が生きて帰れようとはとても思えなかった、と彼女はいっている。

夫婦がこのようにして別れなければならないのはたしかに悲惨であるが、こういう別れは出征にばかりよって起こるとは限らない。

我々は再び重い背嚢を担ぎ列を作った。私は伍の端に位置を得た。私は番号を叫ばねばならなかった。私の声は震えた。

列は進み出した。妻は狭い歩道の上について来た。

「こぼれてる、こぼれてる。」と妻はいった。

彼女の真剣な眼は私の腰にあった。見ると水筒が傾いて栓がとれ、水が軍袴《ぐんこ》[56]をぬらしていた。さっきから彼女と座っていた間にはずれたのである。

兵の足並みは早くなった。妻はもはや私を見ず、渇く人が水を飲むようにあお向きかげんに正面を向き、半ば駆けながら歩いていた。女の子を顧みて「あそこまで……」云々《うんぬん》というのが聞こえた。

後で聞いたところによると、彼女は上の女の子がついて来るのが困難なのを、引いた手の抵抗によって感じ、「あそこまでだから、駆けなさい。」といったのだそうである。兵隊の歩度と合わせるために、子供は全然駆け出さねばならなかった。そして子供は足を傷めていた。

妻が「あそこまで」ときめていたのは、道が駅前の電車道と交わるところであった。

56 軍袴　旧陸軍でのズボンの呼び名。

彼女たちはそこを越え、停留場の安全地帯へ上がってそこで止まった。そこから先は車や人が混雑している。私はこの時、

「どこまで来ても同じだよ。」といったそうである。

妻はそのまま動かなかった。私は彼女を見つめ、うなずいて前を向いた。駅の低い木のひさしの下へ入る時、私は振り返ろうかと思ったが、なぜか自分を抑えてしまった。

駅の南の端に着いていた列車は長く、先の数両はホームをはみ出していた。我々は見すぼらしい小屋のあるそのはずれまで行って、地面から苦労して乗り込んだ。あるいは妻が来ているかもしれない一般のホームは遠く、人がいっぱいで見分けられない。

妻と会ったことはしかし私の心に、かすかに明るいものを伝えてきた。六対四の四の方に入ったことが、あるいは私の運のどん底であって、これからは昇り運になるのではないか、もしこれで潜水艦[57]の雷撃を免れてマニラに着くことができれば、その運の連続として、生きて還れるかもしれない、などとらちもないことを考えた。

実際私はマニラに安着した。そして事実その運の連続として生還し、今こんな文章

を書いているわけであるが、マニラから先私の越えなければならなかった細かい偶然の数は無数であって、とても昇り運などという条《すじ》の通ったものではなかった。

妻は反対にこうして思いがけず私に会えたからこそ、私は帰って来ない、と信じたそうである。そして彼女は私の留守をその信条に従って暮らし、実際彼女はほとんど正しかった。

三時汽車は出発した。汽車は多くの軍用列車と同じく貨物線を行き、普通の駅には停車せず意外な小駅で長く止まって、弁当を仕入れたりした。

発車後間もなく経理の中尉[58]が兵に甘味品を配った。目的地に着くまで二十日分の由で、キャラメル、羊羹《ようかん》、飴玉《あめだま》などが多量に支給された。

こういう品物は当時私の俸給ではなかなか子供の口に入れてやれるものではなかった。私のまず考えたのは、私の最後の贈り物としてそれを子供に届けることであった。しかしその手段はなかなかありそうになかった。我々は列車が宇品《うじな》[59]か門司《もじ》[60]かに到着

---

57 **雷撃**　魚雷による攻撃。「魚雷」とは魚の形をした水中で爆発させる兵器。58 **中尉**　尉官で大尉と少尉の間。
59 **宇品**　広島市の外港。日清戦争以降軍港として用いられ、出征兵士の多くが当地から送り出された。現在は広島港と改称。60 **門司**　福岡県北九州市の門司港。

するとすぐ、輸送船に乗せられて出発するものと信じていた。それでなければ、我々を欺いてまで守った防諜の意味がない。私の取り得る唯一の手段は駅員か通行人に頼むことである。

小包を作る材料は兵隊の持ち物にはなかった。私は飴玉を入れる容器として酒保で買った白布製のマスクを思いついた。安全かみそりの刃で一方のミシンの縫い目を切って、袋とするのである。「変わり玉」といわれ、なめて減るに従って桃色や青に変わる飴玉を入れ、後を手で縫った。そして二、三のキャラメルの箱と共にハンケチにつつみ、手帳を破いて手紙をつけ、紙幣をはさんだ。

僚友の眠る暗い車内で、こういう作業をしながら、私は感傷の涙を禁じ得なかった。妻と別れる時も十分流し得なかった涙を、私は顔を窓にもたせて、心行くまで流すことができたのである。

京都はまだ暗かったが、やがて窓外が白んできた。大阪付近の河と平野を予期してふと外を眺めた私の眼には、意外にも神戸の傾いた甍《いらか》[61]の波が映った。(列車は山崎から山沿いの貨物線を走ったのである。)見なれた山際に小さくわが家の屋根も見えた。しかしあそこには今わが妻子はいない。家族のいない家の印象は、強いていえば家の幽霊に似ている。
[62]加古川《かこがわ》で列車は二時間以上停《とま》った。駅裏には硫黄がうず高く積まれ、我々はその前で体操をした。
夜は岡山で暮れ、広島で明けた。そしてその夜おそく、我々は下関《しものせき》に着いた。朝まで待合室で眠った。

門司は朝靄《あさもや》にかすんでいた。我々を満載した連絡船は静かに水を分けて船や家々に近づいた。上陸後荷揚げ使役に我々は再び非力な腕をしびらせた。午後我々の休憩に当てられたのは、海岸通りに沿った厩《うまや》で、寝ると馬糞《ばふん》の臭いが鼻についた。しかし夜は意外にも数名ずつ分かれて、民家に宿泊させられた。

僚友一名と共に私に割り当てられたのは、町の繁華街の裏にある喫茶店であった。中年の女主人には年下の亭主があって、福岡のデパートに勤め、そのころ流行の募集軍歌の欠かさぬ不運な応募者であった。彼の左の小指は第二関節から先がなかった。もらい子だという女の子は我々が与えたキャラメルを礼をいわずに受け取った。

61　山崎　京都市の西南、東海道本線の駅名。　62　加古川　兵庫県加古川市。山陽本線の駅名。

女主人はしかし親切であった。夜はビールを工面してくれ、昼は「うちの人に内緒ですよ。」といってぜんざいを作ってくれた。私は彼女と零細な金を賭《か》けて[63]「来い来い」賭博《とばく》をやった。

二階は二間しかなかった。我々と亭主は奥の六畳に寝、女主人と子供は次の三畳に寝た。ある朝点呼に出て、忘れ物を取りに帰ると、女主人は亭主の腕に抱かれていた。私は彼女に託してついに子供に届ける望みを達した。海苔《のり》の空き缶を借りて、ほぼ私の持つ半分を入れることができた。女主人はなかなか文学的表現を知っていた。小包に添えて妻に送った手紙には「あの呑気《のんき》な朗らかな方に大きく隠された愛情をおくゆかしく思いました。」と彼女は書いていた。私は自分ではしじゅう屈託があると思っているのに、他人がいつも私を呑気と評するのが不思議でならない。

家の前の通りには他にも喫茶店や小料理屋が多数あり、それぞれ兵隊が泊まっていた。食事は別に付近の一膳飯屋へ食べに行くのであるが、飯はやたらに量が多いばかりで[64]高粱《コーリヤン》を混じえていた。我々はそこの飯はいいかげんに切り上げ、点呼後そういう小料理屋に泊まっている僚友の室《へや》へ上がって、特別の料理で夜おそくまで酒を飲んだ。我々はそうして結局二十日から二十七日まで一週間畳に寝ていた。ここで一週間遊ばせるくらいなら、なぜ東京で一日帰してくれなかったか、と我々は不服であった。

昼間は演習があった。裏山の小学校や神社の庭で、初歩の戦闘訓練をやった。下士官たちは我々の演習ぶりを見て「こんな程度の悪い兵隊と一緒に行ったんじゃ、今度は助からない。」と思ったそうである。

六月末の門司は八時すぎまで明るかった。我々は日夕点呼後、しばしば近くのにぎやかな通りを散歩した。最近八幡《やはた》[65]を空襲して撃墜されたB29[66]の尾翼と称するものが百貨店の窓に飾ってあった。私は本屋でポケット用の英語の世界地図と数学の公式集を買った。公式集はかさばらず、船の中で暗記していけば、いちばん時間つぶしになるという寸法であったが、公式はとうとう一つも覚えずにしまった。

通りから横町を入ると遊郭がある。昼間でも演習の帰りにのぞくと、肥《ふと》った娼婦《しょうふ》が魚の腹のような腿《もも》を出して笑っていたりした。下士官や若い兵隊の一部は、深夜ひそかに彼女たちを訪れたようであるが、我々中年の補充兵は一人も出掛けなかった。い

63 来い来い　花札を使ったかけごとの一つ。64 高粱　中国東北部で主に栽培されるモロコシの一種。65 八幡　福岡県北九州市の一部。製鉄所で有名。66 B29　アメリカ軍の大型戦略爆撃機。日本各地の爆撃に使用された。

ったいに我々はこの後半年の駐屯中も、格別そういう欲望の刺激を感じた形跡はない。

他人はよく知らないが、私一個としては明瞭であった。いつもある死の予感がそういう欲望の生じる余裕を与えないのである。死の予感は既に東京の部隊で残留を命ぜられた時から私を襲っていた。しかしそれはまだ漠然たる蓋然性[67]の感じを出《い》でず、その後私にはいろいろとすることがあった。しかし今こうして出港地で無為に過ごすうちに、だんだんはっきりした輪郭を取るようになった。米潜水艦は港外で我々を待っているかもしれないのである。

我々が受けた退船訓練はこっけいなものであった。傾く船の反対側から降りろとか、潮流の方向を見きわめて下の方から飛び込めとか、実際に当たってとても実行できそうもないことばかりであった。出発前の軍装検査の時、回って来た年老いた佐官[68]の質問に答えて、我々の一人が教えられたところを暗唱すると、老人はため息して「こういう心得のある兵隊ばかりであったら、我が軍の損害も僅少で済むんだが。」といったが、近代国家の軍の首脳部にこういう善良な低能が存在し得るのは驚異である。私は私が無事マニラに着けるなどとは思わないことにし、門司で有り金残らず飲んでしまった。

死の予感が、どういう感覚であるかをいうのはむずかしい。内臓を抜かれたような、一種の虚脱した圧迫感とでもいうほかはない。無論一日の大半は日常の関心事にかまけている。ふと何かの動作の間に、ああしかし自分はもうすぐ死ぬんだという考えが浮かぶ。外界はその時すべて特別な色合いを帯びてくる。例えば光るものは一層光り、影は一層暗く、物音が遠くなったように感じる。しかしこの感覚はそれほど不快ではない。

この快い予感の結末はしかし、比島の山中でマラリヤ[69]のため敵前で落伍《らくご》して、死と直面した時の強い圧迫感であった。何かまわりからどうともならないものにしめつけられるような感覚である。殺される者が殺人者に直面して、どうしてものがれられないと観念した時、あるいはこういう感覚を味わうかもしれない。しかし私はこの時、やがて前方から来るべき米軍に殺されるとは少しも感じなかった。

67 **蓋然性** 見込み。確率。68 **佐官** 旧陸海軍の階級で、大佐、中佐、少佐の総称。69 **マラリヤ** マラリア原虫によって起こる伝染病。熱帯・亜熱帯に多く、蚊によって媒介され、高熱を発する。

二十七日我々は輸送船第二玉津丸に乗船した。我々は門司で解散されるという噂があったらしい。我々のような弱兵は要らないと現地参謀[70]がいってきたからだそうである。噂は食堂である下士官が他の下士官に向かって「なんだ。兵隊のお供で往復列車かよ。」といったのを聞いて、たしかと思われた。船へ乗ってから私はその下士官にただすと、彼は、

「そうさ。だけど船に乗っちまっちゃ、もうしようがないんだね。」とさびしそうにいった。

船は兵を積み終わるとすぐ岸壁を離れたが、なかなか出港しなかった。七月一日に出るという者がいるが、あまりあてにならない。一坪[71]十五人の「お蚕棚《かいこだな》」[72]はひどく暑いので、我々は終日甲板へ出て港を眺めて暮らした。

見渡す門司の海に迫った丘の中腹の道を、湧くように兵隊が駆けて来るのが見える。恐らく我々の船団の一つに乗りに来る兵であろうが、私はその矮小《わいしょう》な体軀《たいく》に驚いた。我々も中年の弱兵であるが、見てくれはもう少しいいつもりである。そういう不具者のようにずんぐりした兵隊は、同じ船にもたくさんいた。これも私にとっては祖国の敗兆の一つであった。

私の好んで座りに行ったのは、舳《へ》先《さき》であった。そこは甲板がしだいに反って高くなり、てすりに上がると、めくるめく下に青々と水をたたえているさまが、特に好きであった。玩具のような[73]関門連絡船が、下の方を通って行く。夜、それは赤や青の灯をともして、仕掛け花火のようにきれいであった。

しかしこうして無為に眺め暮らしているうちに、私はだんだん自分の惨めさが腹にこたえてきた。船は明日にも[74]解纜《かいらん》するかもしれない。死は既に目前に迫っている。この死は既に私の甘受することにきめていた死ではあるが、いかにも無意味である。

私はこの負け戦が貧しい日本の資本家の自暴自棄と、旧弊な軍人の虚栄心から始められたと思っていた。そのために私が犠牲になるのはばかげていたが、非力な私が彼らを止めるため何もすることができなかった以上やむを得ない。当時私のやけっぱちの気持ちでは、敗れた祖国はどうせ生き永らえるに値しないのであった。

---

70 **参謀** 軍務の作戦・用兵などの一切の計画・指導をする将校。71 **坪** 一坪は約三・三平方メートル。72 **お蚕棚** 生糸を採るために飼っている蚕を載せる棚。平たい籠が棚状に重ねられている。ここでは狭い寝台をたとえている。73 **関門連絡船** 山口県・下関と福岡県・門司の間を運航した連絡船。74 **解纜** 船が出航すること。纜は、ともづな。

しかし今こうしてその無意味な死が目前に迫った時、私は初めて自分が殺されるということを実感した。そして同じ死ぬならば果たして私は自分の生命を自分を殺す者、つまり資本家と軍人に反抗することに賭けることはできなかったか、と反省した。平凡な俸給生活者はいわゆる反戦運動と縁はなかったし、昭和初期の転向[75]時代に大人となった私は、権力がいかに強いものであるか、どんなに強い思想家も動揺させずにはおかないものであるかを知っていた。そして私は自分の中に少しも反抗の欲望を感じなかった。

反抗はしかし半年前、神戸で最初に召集を覚悟した時、私の脳裡《のうり》をかすめた。かすめたのはたしかにそれが一個の可能性にすぎなかったからであるが、その時それが正に可能性に終わった理由を検討して、私は次のことを発見した。すなわちその時軍にあらがうことは確実に殺されるのに反し、じっとしていれば、必ずしも召集されるとは限らない、召集されても前線に送られるとは限らない、送られても死ぬとは限らないということである。

確実な死に向かって歩み寄る必然性は当時私の生活のどこにもなかった。しかし今殺される寸前の私にはそれがある。

すべてこういう考えは、その時輸送船上の死の恐怖から発した空想であった。空想はたわいもないものであるが、その論理に誤りがあるとは思われない。

しかし同時に今はもう遅い、とも感じた。民間で権力にあらがうのが民衆がだまされている以上無意味であるのにもまして、軍隊内で軍に反抗するのは、軍が思うままに反抗者を処理することができる以上、無意味であった。私はやはり「死ぬとは限らない」という一縷《いちる》の望みにすべてを賭けるほかはないのを納得しなければならなかった。

私はいかにも自分が愚劣であることを痛感したが、これが理想を持たない私の生活の必然の結果であった以上、やむを得なかった。現在とても私が理想を持っていないのは同じである。ただこの愚劣は一個の生涯の中で繰り返され得ない、それは屈辱であると私は思う。

その時の私には死と戯れるほかすることがなかった。そして死の関心は自然に私を

75 転向　思想・主義を、権力の強制などによって変えること。昭和初期は、治安維持法の下、多くの思想家・社会運動家が転向させられた。

自分の生涯に関する反省に導いた。私は広いてすりの上に身を横たえ、水を眺めながら、生涯を顧みた。回想は専ら私の個人的幸不幸に関するものであった。

楽しかった瞬間、不幸であった瞬間を、注意の及ぶかぎり思い出し、その時私が果たして何者であったかを反省した。反省は多く後悔を伴わずにはいなかったが、死を前にして後悔すら楽しかった。

私はなぜか死ぬ前に、つまり船の出る前に、私の全生涯の検討を終えなければならないと感じた。

今日はここまで明日はあそこまでと予定を立てて回想したと記憶する。全生涯を遍歴するのにたしか三日かかったと記憶する。この作業は後比島の駐屯生活中も繰り返された。がそれは検討の興味よりも、回想する快感によったと思われる。

私は自分の過去の真実と思っていたものに幾多の錯誤を発見した。例えば私が得ることができなかったために、愛していると思っていた女について思い出は少なく、愛していなかったために、得ることができた女のことが詳細に思い出された。感覚の裏打ちのない記憶が早く薄れるためかもしれない。

しかし最も幸福な瞬間が何の思い出を残さないことは、スタンダール[76]が注意している。思い出によって構成された過去は、必ずしも真実を尽くしていないかもしれない。

妻と私の間にもこうした記憶に残らない時間があったかもしれない。もし妻と品川で別れる時、私に言葉がなかったのが、そういう原理によるのならば幸せである。

私は水を見つめた。そこには私がこれまでただの戯れの恋と思っていた女の映像が浮かんだ。その時彼女が現れたのは、多分私が彼女と海で泳いだことがあったからであろう。女は男に媚《こ》びることを知っていた。はでな海水着を着た彼女は浪《なみ》に身を翻して笑った。

私の観照はしだいに白昼夢の色を帯びてきた。水の上を上の女の子が匐《は》って来た。子供は[77]輴車《くるま》に乗った動物の玩具のように、両手を前に突いたままの姿勢で進んで来た。船尾から眼の下を通り、私の眼の移るに従って舳先へ消えた。子供はもう匐《は》う年ごろではなかったから、これは私の観照の舞台が水という平面であった結果であろう。

子供は私の欲するままに再び船尾の水面に現れ、懸命に前を向いて進んで来た。そ

[76] スタンダール Stendhal 一七八三―一八四二年。フランスの小説家。『赤と黒』『パルムの僧院』『恋愛論』などがある。[77] 輴車 二輪や四輪の台車。

の幻像の上に、私がなぜ品川で妻が与えた千人針を投げる気になったか不明である。

いずれこれは私の好まぬ迷信的持ち物であったが、何か記憶に残らない発作にあったのであろう。強いていえば私は前線で一人死ぬのに、私の愛する者の影響をこうむりたくなかったといえようか。国家がその暴力の手先に男子のみを必要とする以上、これは純然たる私一個の問題であって、家族のあずかり知るところではない。

私はそれを雑囊《ざつのう》[78]から取り出すと、何となく広げて海にほうった。夕方はまだ明るかった。布はあるともみえない風にあおられ、船腹に沿って船尾の方へ飛んで行った。

ざわめきが目白押しにてすりに並んだ兵の間に起こった。「ああ、ああ。」と叫びに交じって「千人針やないか。」という声が聞こえた。私は自分の純然たる個人的行為が、こんなに大勢に注意をひいてしまったのに少し慌てた。

千人針は水に落ちてもなかなか沈まず、暮れかかる水面に白く浮かんで、さらに船尾の方へ流れて行った。

みな私を見ているような気がした。近くの二、三人の兵士の顔は怪訝《けげん》と共に非難を表していた。

「わざとすてよったんや。」と一人がいった。

私の顔は多分笑っていたろうと思う。私はてすりを降り素速くその場を離れた。

「あの兵隊です。」という声を背に聞いた。

兵が下士官にいうような調子であった。私はまた慌てた。そこらにいた兵は私の隊の者ではなかったが、下士官の気まぐれから、「銃後[79]の真心の結晶をなぜすてた。」などと平手打ちを食ってはつまらない。

足を早めて舳先を回り、反対側の甲板へ出ると、あたかも空いていた便所へ入った。便所は粗末な木で造られ、海へ突き出ていた。臭気の中でしゃがみながら、私の口は依然笑いにゆがんでいたが、突然眼が熱くなった。

三十日の午後船は突然動き出した。[80]壇之《だんの》浦《うら》の瀬戸を通り、なおも狭い水路を東へ進んだ。岸の段々畑の上にある家の前には、一人の若者が立って、[81]手旗で信号を送っていた。「無事航海を祈る。」とか「敢闘を乞《こ》う。」とかいっているのであろう。甲板の

78 **雑嚢**　雑多なものを入れる肩かけの袋。　79 **銃後**　戦闘には携わっていないが、なんらかの形で戦争に関わっている一般国民のこと。　80 **壇之浦の瀬戸**　山口県下関市壇之浦町近辺と福岡県北九州市門司崎の間の早鞆《はやとも》ノ瀬戸。
81 **手旗**　両手に旗を持ち、手を挙げた形象によって意味を伝える信号。

兵は帽子を振って答えた。

海は広くなった。船は九州の岸に沿って南下する。いよいよ[82]豊後《ぶんご》水道から出るのかと思っていると、不意に停った。ついて来た二、三隻も、少し離れてまちまちに停っていた。[83]周防灘《すおうなだ》が平らに広がった向こうに、中国の山が遠く低かった。そこで夜を明かした。

翌日も船はそうして停っていたが、四時過ぎに動き出した。昨日来たコースを逆行するのである。瀬戸を越え、船は再び港内に入ったが、そのまますると通過した。しかし少し行くとまた停ってしまった。

緑の雑木林に縁どられたさびしい岸の向こうに煙突が五、六本並んでいる。港からはいくらも来なかったように思う。[84]関釜《かんぷ》連絡船が窓を一面に閉ざした不吉な姿で大きく傾いて曲がって行った。

夕方船はまた動き出し、速力を加えた。波はしだいに高く、風が出てきた。ふと顧みると、後に八隻の船が一列に並んで、整然とついて来ていた。ついに船団は出発したのである。

空は美しく色とりどりの雲が、様々の方向に流れていた。太陽はかすんで、今や海に入ろうとしている。続く輸送船の形も色もとりどりで、概してあまり優秀な船はないようである。船荷の不足からか、汚い船腹を傷ましいほど高く挙げている一隻もある。

　ああ、堂々の輸送船。

　九隻並んで夕映えの中を走る光景は、たとえ船がぼろ船で、乗る者があまり勇壮ならざる出征者であろうとも、堂々として美しい。

　波はますます高く、船は激しく揺れた。玄海灘《げんかいなだ》[85]であろう。九州の山はしだいに青くかすもうとしていた。行く手には一つの島があった。片側は全部岩を露出した三角の島である。

　あの島が祖国の見納めになるだろう、と私は思った。島を通過すれば船は恐らく外

82 **豊後水道**　大分県南東部海岸と愛媛県西岸との間の海域。太平洋への出入り口に当たる。83 **周防灘**　山口県南岸と九州北東岸に囲まれた海域。84 **関釜連絡船**　下関と朝鮮・釜山の間を運航する連絡船。一九〇五年に開設。
85 **玄海灘**　九州の北西部に広がる海域。

洋へ出て、私は二度と日本を見ないであろう。

祖国という言葉は一つでも、我々がそれに付する内容はまちまちのはずである。私は大体「わが偶然生をうけたる土地をなぜ祖国と呼ぶ必要があろう。」といった明治の基督者《キリスト》と同意見であるが、とにかく私は自分の生涯の思い出のつながる土地の最後の一片から眼を離すことはできなかった。

島はますます大きく、岩の膚理《きめ》は明らかになってきた。崖《がけ》の下で激しく打つ白浪の飛沫《ひまつ》もしだいに見分けられた。船の動揺につれてその映像全体が大きく上下した。

私に何か感慨があったかどうか、わからなかった。しかしその時の私の中の感情は、私が出征によって、祖国の外へ、死へ向かって積み出されて行くという事実をおおうに足りない、と私は感じた。

待《ま》ち伏《ぶ》せ

ティム・オブライエン

村《むら》上《かみ》春《はる》樹《き》 訳

原書発表——一九九〇（平成二）年
高校国語教科書初出——一九九六（平成八）年
日本書籍『新版　高校現代文』

九歳のときに、娘のキャスリーンが私に尋ねたことがある。お父さんは人を殺したことがあるのかと。彼女はその戦争[1]について知っていたし、私が兵隊であったことも知っていた。「お父さんって戦争の話ばっかり書いてるじゃない。」と娘は言った。「だから誰か殺したはずだって思うの。」私は困ってしまった。でも私はそうするのが正しいと思うことをやった。つまり「まさか、殺してなんかいないよ。」と言って、娘を膝の上にのせて、しばらく抱いていたのだ。私はまたいつか娘が同じ質問をしてくれたらいいなと思う。しかしここでは私は娘をきちんとした成人であると仮定して扱ってみたい。私は実際に起こったことを、あるいは私の記憶している起こったことを彼女にすっかり話してしまいたい。君が正しかったんだよ、と言おう。そう、それこそが私が戦争

1　その戦争　ベトナム戦争のこと。当時のベトナム民主共和国（北ベトナム）および南ベトナム解放民族戦線と、ベトナム共和国（南ベトナム）との間の戦争。一九六五年、南ベトナムを支援するアメリカが軍事介入、七三年、和平協定が成立し、アメリカ軍は撤退。七五年、南ベトナムは崩壊し、南北ベトナムは統一された。

の話を書きつづけている理由なのだ。

彼は背の低い痩せた男だった。歳《とし》は二十歳前後だった。私は彼が怖かった——というか何かが怖かった。そして彼がその小道を歩いて私の前を横切ったときに、私は手《て》[2]榴弾《りゅうだん》を投げ、それは彼の足下で爆発し、彼を殺した。

あるいは、もっと前から話そう。

真夜中ちょっと過ぎに、我々はミケ[3]郊外の待ち伏せ地点に向かった。小隊全員がそこに揃《そろ》って、道沿いに密生した茂みの中に展開[4]していた。でも五時間のあいだまったく何も起こらなかった。我々は二人一組でチームを組んで行動していた。一人が寝ているあいだ、もう一人が警戒にあたっていた。それを二時間交代でやった。カイオワが私を揺すって起こして、最後の見張りにつかせたときは、あたりはまだ暗かったと記憶している。その夜は靄《もや》がかかって、暑かった。最初のうち、私はまだぼおっとしていた。どっちがどっちかさえわからなかった。もそもそと手さぐりでヘルメットと武器を探しもとめた。手をのばして三個の手榴弾をみつけ、それを自分の前に一列に並べた。すぐに投げられるようにピン[5]は真っ直《す》ぐになっていた。そしてそれから半時間ばかり、私はそこに膝をついてじっと待った。ひとつひとつ細かい段階を踏むように、夜明けはやってきた。光は細い筋のようになって、霧のあいだからこぼれてきた。茂みの中の私の位置からは、道の十メートルから十五メートル先くらいまでが見えた。蚊の攻撃は激しかった。私は蚊を叩《たた》きながら、カイオワを起こして虫よけ薬をもらおうかどうしようか迷ったことを覚えている。でもそれは悪いと思ってやめた。それからふと目を上げると、霧の中からその若者が現れるのが見えたのだ。彼は黒服を着て、ゴムのサンダルを履いて、灰色の弾薬帯[6]をかけていた。彼は僅かに猫背気味に歩いていた。首は、まるで何かに耳を澄ませているかのように、横に傾いていた。彼はくつろいでいるように見えた。彼は片手に武器を持っていた。銃口は下に向けられていた。とくに急ぐ様子もなく、彼は道の真ん中を歩いていた。音はまったく聞こえなかった。音を聞いた記憶はまったくない。彼は何かしら朝霧の一部であるように見えた。あるいは私自身のイマジネーション[7]の一部であるみたいに。しかし私の胃の感触にははっ

2 手榴弾　手で投げる小型の爆弾。「しゅりゅうだん」ともいう。　3 ミケ　ベトナム中部クアンガイ省にある村。　4 展開　戦うため散らばって陣をかまえること。　5 ピン　手榴弾の安全ピン。ピンを立て、引き抜いてから放擲《ほうてき》し、爆発させる。　6 弾薬帯　銃弾を連結して収納し、身につける帯。弾帯。
7 イマジネーション　想像力。空想。幻想。［英語］imagination

手榴弾

弾薬帯

きりとしたリアリティー[8]があった。私は既に手榴弾のピンを抜いていた。私は腰を少し浮かせた。私は条件反射的にそうしたのだ。私はその若者を憎んでいたわけではなかった。私は彼のことを敵として考えたわけではなかった。私はモラル[9]や、政治学や、あるいは軍事的責務を考慮したわけではなかった。私はしゃがんで、頭を低くしていた。胃の中からこみあげてくるものを、私はなんとか呑《の》みこもうとした。それはレモネードみたいな味がした。フルーツっぽくて、酸っぱかった。私は怖くてたまらなかった。人を殺すということについてとくに考えなかった。この手榴弾はあいつをどこかに追いやってくれるのだ。あいつを消し去ってくれるのだ。そして私は身を後ろにそらせた。頭の中がからっぽになり、それからまたいっぱいになるのが感じられた。さあ投げるんだと自分に言いきかせる前に、私はもう既に手榴弾を投げてしまっていた。茂みは密生していたので、私はそれを、相手に向かってまっすぐではなくて、上の方にひょいと放りあげなくてはならなかった。私は覚えている。それが私の頭上で凍りついたように一瞬停止したことを。まるでカメラのシャッターがかしゃっと鳴ったみたいだった。そして私は覚えている、自分がさっと頭を下げて、息を詰め、霧の小さな一筋が地表からふっと立ちのぼるのを見たことを。手榴弾は一度跳ねて、それから道の上をごろごろと転がった。私にはその音は聞こえなかった。しかし音はしたのに違いない。というのはその若者は自分の武器を下に落として、駆け出したから。さっと素早く二歩か三歩、しかし彼はそこで躊躇《ちゅうちょ》した。右の方をくるりと向いて、そこに落ちている手榴弾をちらっと見下ろし、頭をカヴァーしようとした。でもしなかった。そのとき私はふと思った、この男は今死のうとしているんだ、と。私は彼に警告を与えたかった。手榴弾はぽんと爆《は》ぜるような音を立てた。ソフトな音ではないが、かといって大きな音でもない。それは私が予想した音とは違っていた。土ぼこりが舞い、煙も出た。小さな白い吹き出し[10]のような煙だった。そしてその青年はまるで目に見えないワイヤにひっぱられるみたいに、上の方に向かって体を捩《ねじ》った。彼は背中から地面に落ちた。彼のゴムのサンダルは吹き飛ばされた。風はなかった。彼は小道の真ん中に横たわった。彼の右脚は体の下に折り畳まれるように潜りこんでいた。彼の右目は閉じていた。左目は星の形をした大きな穴になっていた。

8 リアリティー　現実感。［英語］reality　9 モラル　倫理。［英語］moral　10 吹き出し　漫画などで、せりふが入る囲み。

それは生きるか死ぬかの瀬戸際ではなかった。そこには危険らしい危険はなかった。何もなければ、若者はおそらく何事もなくそのまま通り過ぎてしまったことだろう。そしていつもそんな具合にことは運んだだろう。

あとでカイオワが私を説得しようと試みたことを覚えている。あの男はどのみち死んだだろうということを。彼は私に言った。あれは正当な殺しなんだ、あの男は兵隊だったし、これは戦争なんだ。お前はもっとしゃんとしなくちゃいけない。いつまでも死体なんか眺めてないで、自分にこう尋ねるんだ、もし立場が逆だったらこの死んだ男はどう行動しただろう、と。

そんなのはどうでもいいことだった。それらの言葉はあまりにも複雑で、あまりにも抽象的すぎるように私には思えた。私にできることはその若者の死体というひとつの事実をただぼんやりと見つめていることだけだった。

今でもまだ、私はそれを整理し終えてはいない。あるときにはあれは仕方なかったんだと思う。あるときにはそうは思えない。普通に人生を送っているときには、私はそのことをあれこれ考えたりしないようにしている。でもときどき、新聞を読んでいたり、部屋の中に一人で坐《すわ》っていたりするようなときに、私はふと目を上げて、朝霧の中からその若者が現れるのを見ることがある。彼が私の方に歩いてくるのが見える。彼の背中は僅かに猫背気味である。彼の頭は片方にかしいでいる。私の前数ヤード[11]のところを彼は歩き過ぎていく。そして何かを考えてふっと微笑《ほほえ》む。それから道を歩きつづけ、そのまま霧の中に消えていく。

11　ヤード　長さの単位。一ヤードは、約九一センチメートル。

解説

作者について

嶋田直哉

原民喜（はら・たみき）

明治三八年一一月一五日～昭和二六年三月一三日。広島県生。慶應義塾大学英文科卒業。在学中はダダイズムに傾倒し、左翼運動に参加。卒業後は「三田文学」を中心に作品を発表するようになる。昭和八年永井《ながい》貞恵《さだえ》と結婚。病弱な妻を献身的に看護する。妻貞恵は昭和一九年に死去するが、彼女との思い出は「忘れがたみ」（昭和二一年）にまとめられる。昭和二〇年一月に郷里広島に疎開し、八月六日自宅の便所で被爆する。その被爆体験をもとに「夏の花」（昭和二二年六月）を発表。「廃墟から」「壊滅の序曲」と合わせて「夏の花」三部作と呼ばれる。戦後は「近代文学」同人になり、「三田文学」の編集に尽力。デビューしたばかりの遠藤周作とも親交を持った。また翻訳に「ガリバー旅行記」（昭和二六年）がある。昭和二六年、吉祥寺・西荻窪間の線路に身を横たえて鉄道自殺。没後有志によって広島平和記念公園内の原爆ドームの傍らに原の詩碑が建立された。

武田泰淳（たけだ・たいじゅん）

明治四五年二月一二日～昭和五一年一〇月五日。東京都生。浄土宗の寺に生まれる。東京帝国大学文学部支那文学科中退。昭和九年に竹内好《たけうちよしみ》らと「中国文学研究会」を結成。ここでの活動がのちの文学の中核となっていく。昭和一二年に徴兵され中国に赴き、上海で敗戦を迎える。戦中に「司馬遷」（昭和一八年）を発表。また戦争体験をもとに「審判」「蝮のすゑ」（昭和二二年）を発表し、第一次戦後派の作家として注目を集めるようになる。その後も「中国文化研究会」に材をとった「風媒花」（昭和二七年）、戦時中に知床岬沖で起きた食人事件をもとに「ひかりごけ」（昭和二九年）、精神科病院を舞台に正気と狂気の境界を描いた「富士」（昭和四六年）などを精力的に発表する。人間の原罪、東洋的思想、独自の文明論に基づく作品はいずれもテーマが重厚である。その他に「森と湖のまつり」（昭和三三年）、「快《け》楽《らく》」（昭和三九年中絶）、「目まいのする散歩」（昭和五一年）がある。

山川方夫（やまかわ・まさお）

昭和五年二月二五日～昭和四〇年二月二〇日。東京都生。父は日本画家山川秀峰《やまかわしゅうほう》。慶応義塾大学大学院仏文専攻中退。昭和二九年、第三次「三田文学」を発刊し、その編集を田久保《たくぼ》英夫《ひでお》らとともに担当する。曾野綾子《そのあやこ》、坂上弘《さかがみひろし》、江藤淳《えとうじゅん》などを世に送り出す。その傍ら、自身も「日々の死」(昭和三二年)を連載する。昭和三三年「演技の果て」で第三九回芥川賞候補。その他「その一年」「海の告発」(昭和三四年)、「海岸公園」(昭和三四年)、「愛のごとく」(昭和四〇年)がいずれも芥川賞候補作になっている。また「クリスマスの贈り物」(昭和三九年)は直木賞候補作になっている。「ヒッチコックマガジン」に連載、「洋酒天国」の編集に関係するなど文学活動の幅は広い。昭和四〇年、二宮駅前の国道で交通事故に遭い死去。享年三四歳。

三木卓(みき・たく)

昭和一〇年五月一三日〜。東京都生。満州で育ち昭和二一年に引き揚げる。早稲田大学第一文学部露文科卒。五木寛之《いつきひろゆき》らの雑誌「文学組織」に加入し詩人として出発する。詩集「東京午前三時」(昭和四一年)でH氏賞、「わがキディ・ランド」(昭和四五年)で高見順賞を受賞する。その後小説の執筆も開始し、「ミッドワイフの家」(昭和四七年)で芥川賞候補、「鶸」で芥川賞を受賞する。「鶸」は三木の少年時代の戦争体験を描いた連作小説「砲撃のあとで」所収の一篇。のち「馭者の秋」(昭和六〇年)で平林たい子賞、「路地」(昭和九年)で谷崎潤一郎賞を受賞。その他受賞多数。現在も精力的に執筆活動を続けている。児童文学作品、ロシア語の翻訳など数多くの作品がある。

林京子（はやし・きょうこ）

昭和五年八月二八日～。長崎県生。長崎高等女学校卒業。幼少期、父の転勤のため上海で生活する。昭和二〇年二月帰国。同年四月長崎高等女学校三年次に編入学し、五月学徒動員によって三菱兵器工場勤務。八月九日、動員先の工場で被爆。爆心地から一・四キロメートルの地点であった。昭和三七年「文芸首都」に参加。昭和五〇年自身の被爆体験を描いた「祭りの場」において群像新人賞および芥川賞を受賞。「祭りの場」に続く作品として「空罐」を含む連作短篇を発表し「ギヤマン ビードロ」（昭和五三年）としてまとめる。その後、幼少期の上海体験を主題とする「上海」（昭和五八年）で女流文学賞を受賞。また昭和六〇～昭和六三年にかけて長男のアメリカ在住に伴いヴァージニア州に住み、原爆を投下した国であるアメリカに住む体験、思索をエッセイ集「ヴァージニアの青い空」（昭和六三年）として発表している。平成二三年三月の東日本大震災に伴う福島第一原発事故に際しても積極的な発言をしている。

遠藤周作（えんどう・しゅうさく）

大正一二年三月二七日～平成八年九月二九日。東京都生。慶應義塾大学仏文科卒。銀行員の父親の転勤により幼少期は大連で育つ。昭和一〇年に帰国、神戸に住む。中学時代にカトリックの洗礼を受ける。大学時代から評論を発表し、「三田文学」同人となり原民喜らと親交を持つ。大学卒業後、フランスへ留学。現代カトリック文学を学ぶ。帰国後、処女小説「アデンまで」（昭和二九年）を発表。次いで発表した「白い人」（昭和三〇年）により芥川賞受賞。作家としての地位を確立する。以後、太平洋戦争末期に行われた米軍捕虜の生体解剖実験を題材にした「海と毒薬」（昭和三二年）、徳川時代のキリシタン弾圧を題材にした「沈黙」（昭和四一年）、私小説的な手法で老年の性を題材にした「スキャンダル」（昭和六一年）などを発表する。また並行して「狐狸庵山人」を名乗りユーモア溢れるエッセイを発表し人気を博す。終生ヨーロッパ的風土と日本人におけるキリスト教の問題を追究した。

大岡昇平（おおおか・しょうへい）

明治四二年三月六日〜昭和六三年一二月二五日。東京都生。京都帝国大学仏文科卒。成城高等学校在学中にフランス語を学び、その家庭教師として小林秀雄《こばやしひでお》と知り合う。小林を通じて河上徹太郎《かわかみてつたろう》、中原中也《なかはらちゅうや》と知遇を得る。大学卒業後はスタンダールの翻訳、評論などを発表する。昭和一九年、フィリピンのミンドロ島に出征、翌年一月米軍の捕虜となりレイテ島に収容される。戦後この体験をもとにした「俘虜記」（昭和二四年）を発表。以後「野火」（昭和二七年）に代表される戦争物、「武蔵野夫人」（昭和二五年）に始まる恋愛小説、膨大な資料を駆使した「天誅組」（昭和四九年）などの歴史小説など様々なジャンルにわたる作品を並行的に発表していく。なかでも「レイテ戦記」（昭和四六年）は戦争体験をまとめ上げた大岡の集大成的な作品である。その他、文語で書かれた日記体のエッセイ「成城だより」（昭和六一年）など絶えず実験的なスタイルに挑戦し続けた。

ティム・オブライエン

一九四六（昭和二一）年一〇月一日〜。米国ミネソタ州オースティン生。マカレスター大学卒業後、一九六八（昭和四三）年二月〜一九七〇（昭和四五）年三月までベトナム戦争に従軍。除隊後ハーバード大学大学院で政治学を学び、その傍ら小説を書き始める。のちワシントン・ポストに勤務し、一九七三年処女作「僕が戦場で死んだら（If I Die in a Combat Zone, Box Me Up and Ship Me Home）」を発表。一九七九（昭和五四）年「カチアートを追跡して（Going After Cacciato）」で全米図書賞受賞。一九九〇（平成二）年「本当の戦争の話をしよう（The Things They Carried）」など。現代米文学を代表する作家である。処女作より一貫してベトナム戦争を題材とし、様々な手法で従軍兵の心理を描く。翻訳は中野圭二訳「僕が戦場で死んだら」（白水社　平成二・一九九〇年）、生井英考「カチアートを追跡して」（国書刊行会　平成四・一九九二年）がある。村上春樹が高く評価し、村上の翻訳による「ニュークリア・エイジ」（原書：昭和六〇・一九八五年。文藝春秋　平成元・一九八九年）、「本当の戦争の話をしよう」（文藝春秋　平成二・一九九〇年）、「世界のすべての七月」（原書：平成一四・二〇〇二年。文藝春秋　平成一六・二〇〇四年）が刊行されている。

村上春樹（むらかみ・はるき）

昭和二四年一月一二日〜。京都府生。早稲田大学第一文学部卒業。ジャズ喫茶を経営する傍ら小説を執筆する。昭和五四年六月「風の歌を聴け」で群像新人賞を受賞し本格的に作家活動を開始する。「1973年のピンボール」（昭和五五年）、「羊をめぐる冒険」（昭和五七年）などで作家としての地位を確立。長編「世界の終りとハードボイルド・ワンダーランド」（昭和六〇年）で谷崎潤一郎賞。「ノルウェイの森」（昭和六二年）が大ベストセラーとなり若者を中心に社会現象となった。平成三年一月〜平成七年八月までプリンストン大学客員研究員として渡米。ティム・オブライエンと直接会う。帰国後、オウム真理教のサリン事件をめぐるインタビューをまとめた「アンダーグラウンド」（平成九年）、「約束された場所で」（平成一〇年）がある。その他代表作に「ねじまき鳥クロニクル」全三部（平成七年）、「海辺のカフカ」（平成一四年）、「1Q84」全三冊（平成二二年）など。翻訳も数多く、スコット・フィッツジェラルド、レイモンド・カーヴァー、ジョン・アーヴィングなどの作品を手がける。英語をはじめとして海外においても村上作品は数多く翻訳され、日本ばかりでなく世界的にも注目されている作家である。

広島が言わせる言葉

竹西寛子

昭和二十年の八月六日に、広島は、米軍によって原子爆弾を投下された。九日後、日本の敗戦が決定した。

被爆した広島を言う言葉がある。

被爆した広島が言わせる言葉がある。

論理的な根拠があっての区別ではない。強いて言えば、自分の直観による区別である。間違っているかもしれない。間違っているかもしれないけれど、それはこの二十五年の間に、強まることはあっても弱まることのなかった私の事実である。

広島を言う言葉があっていいのだと思う。それをお互いに容認しなければ、人はほとんど生きることができない。人という人に、いったい、旅人としてではないどのような人生があり得るだろう。

広島が言わせる言葉は、しかしいつも私を悲しみの淵に誘う。その淵の際に立つ時の、私の内部の冷たく強い収縮と、収縮のきわみにひそかに温く滲み出るものの感覚が、この言葉を自覚する私のバロメーターである。

広島が言わせる言葉のあることを感じ、知った時、その広島は広島であって広島でなく、限りない事物の名におきかえられてより拡がりをもつものであることを私は感じ、知った。時として、私は広島を言う言葉にひどく狭量になっている自分に苛立つことがある。自分もまた広島以外の物を、事を言っているではないか。私もまた誰かを苛立たせているにちがいない。そう思う。

それならば、窘められた自分は、広島を言う言葉に寛容になり得るか。否である。この矛盾、この厄介、この苛立ち、この頼りなさ。しかし、これらと忍耐強くつき合うことによってしか、私の広島は深められることも、拡げられることもないように思われる。

広島を言う言葉に私が狭量になるのは、被爆者の自己愛であろうか。衝撃の強さに、私が心の機能の一部を失ったということなのか。それとも、郷土への愛着のせいであるか。恐らくどの一つを除いても嘘だと言わざるを得ないほど、私はまだ広島とはよく離れていない。その上、いつ、どのようにして離れてゆくのかもよくは解らない。

けれども、広島が言わせる言葉を感じ得る限り、広島に即いて広島を離れる可能性はまだ残されていると思いたい。そして、その広島が言わせる言葉のあることを感じ、広島が言わせた言葉をすでに経験させられたということこそ、じつは私の狭量の第一の理由にあげるべきかもしれないのである。私にとって、原民喜の「夏の花」は、まさにそのような広島が言わせた言葉の原典としての重みをもつものである。

こうして幾度目かの「夏の花」を読み返す私に、あの死臭と瓦礫の町のまのびしたような静寂がよみがえる。身を捩って何かに訴えたいはずの老若男女の動きは鈍く、失語症になったような人々のあいだで、私もまた涙なく慄えていた。

多くの人々が、被爆の惨めさに心を乱し、酷さに怒った。憤った。悲惨を、残酷を、より克明に、より強く表わし、訴えようとした。幸か不幸か、お互いの感覚は持続し難い。刺戟に対する抵抗力は強まってゆく。ユダヤ人を大勢虐殺したナチスの行為を、はじめて映像で知らされた時の感覚は、いまも私に、あなたに、同様に新鮮であり得るか。

一望の焼跡を、一族と避難馬車で通り抜けながら、「ギラギラと炎天の下に横はつてゐる銀色の虚無のひろがりの中に、路があり、川があり、橋があつた」と言う「夏の花」の「私」は、被爆後間もない川に漾う玉葱を見、練兵場の方で、「自棄に嚠喨《りうりやう》として」吹奏されている喇叭の音を聞き、一枚の筵の私有に固執するすさまじい生存欲を見のがしていない。うろたえぬ目、とまどわぬ耳。悲惨を、残酷をあらわし訴えようとした人々からとかく見過されやすかった広島、締め出されやすかった広島がそこにあり、私はその配合に緊張し、また温まる。

被爆地広島を記録したというさまざまの映像に関しては、見る意志も欲望ももたない私が、「夏の花」だけは繰り返し読むのは、いや読まされるのは、言葉本来の性質やはたらきを別にしては考えられないことだと思う。言葉の刺戟や喚起力の持続性、限定されているようでじつは無限定とさえいえる言葉の、享受の自由の有難さを思う。

だがそればかりではない。夏の光があり、「夏の花」を読めば、こざかしく意味づけられていない広島と必ず会えるからである。茶碗を抱えてお湯を吞んでいる黒焦の大頭があり、地に伏して水を求める声があり、その中に玉葱が漾い、喇叭が鳴り、瀕死の人々の生きる闘争があるからである。河岸に懸っている梯子に手をかけたまま硬直している死骸があり、

原民喜は、貴重な資質と意志とによって、意味づけない広島を遺し得た稀有の人である。眩しく恐ろしい人類の行方についてのあらゆる討議の前に、一度は見ておかなければならぬもの、一度は聞いておかなければならぬものがここにある。

「心願の国」で原民喜は言う。「妻と死別れてから後の僕の作品は、その殆どすべてが、それぞれ遺書だつたやうな気がします。」その妻と死別して一年後に、彼は広島で被爆した。遺書とは書きおきであり、死後に遺すものである。しかし日本と外国の区別なく、古来、ある種の人たちは、生のある瞬間から、突如として情熱的に、もしくは絶望的に自らの遺書を生きようとしてきたのではなかったか。「夏の花」には、そうした姿勢で生きる人に見えたものが、聞えたものが、それぞれの姿や動きを恐ろしく鮮明にとどめている。

原民喜が被爆した広島を見る目は、妻の死を見た目と本質的には違っていない。広島を聞く耳は、妻の死を聞いた耳と本質的には異なっていない。ただ、妻の死によってより澄んだ目と耳、苦しく冴えた目と耳に光り崩れた広島だったとは言えそうである。このやさしい詩人は、決して妻の死を、広島の死を描こうとはしなかった。妻の死の、広島の死の、さらに奥深くにある何かを怖れ、愛し、それゆえに祈り、だから意味づけることをしなかったし、事実できなかったのだと思う。そのような広島を遺し、被爆後六年目の早春に、原民喜は自ら死を選んだ。

「嘗て私は暗黒と絶望の戦時下に、幼年時代の青空の美しさだけでも精魂こめて描きたいと願つたが、今日ではどうかすると自分の生涯とそれを育てたものが、全て瓦礫に等しいのではないかといふ虚無感に突落されることもある。」（死について）

昭和二十年夏の広島に生きた者の目に見えない苦闘の一つが、この、「全て瓦礫に等しいのではないか」という歎き、あるいは無気力の谷間から、いかにして這い上る力をもつかという思案になかったとすれば幸いである。そのような谷間にいて、いよいよ遠ざかってゆくような空を、いつまた更に深い亀裂を生じるかもしれない足もとを、怒りも、憤りも、悲しみも、憎しみもあるのにそれはもうどうにも収拾がつかなくて、ただ気怠くながめるほかはなかった日々の後に、「夏の花」の片仮名の一節にひき起された感動の記憶はいまも初々しい。

ギラギラノ破片ヤ
灰白色ノ燃エガラガ
ヒロビロトシタ　パノラマノヤウニ
アカクヤケタダレタ　ニンゲンノ死体ノキメウナリズム
スベテアツタコトカ　アリエタコトナノカ
パツト剝ギトツテシマツタ、アトノセカイ
テンプクシタ電車ノワキノ
馬ノ胴ナンカノ　フクラミカタハ
プスプストケムル電線ノニホヒ

目の前に、はげしく心を揺るものを見、そのはげしい揺れに甘えまいとして必死で耐えている人の呻きをこの一節に聞いたと思った時、私はすでに、あの意味づけを怖れる心眼に無意識のうちにひかれてしまったのかもしれない。

私はいま、この片仮名の部分に、何とかして言葉に縋りつきたい時に、何としてでも言葉には馴れ合うまいと抗いながら、意志や欲望をこえて、何かに言葉を用いさせられたような人の軌跡をみる。果して人間は言葉を自由に用いることのできる存在なのか。人々が、本当に表現に与《あずか》れるのはどのような条件においてであるか。言葉とは、けっきょくのところ何であるのか。言葉と世界と人間との関係についての、根源的な思考をうながすものがここにある。

「苦悶の一瞬足掻いて硬直したらしい肢体」に「一種の妖しいリズム」を見、「電線の乱れ落ちた線や、おびただしい破片」で、「虚無の中に痙攣的の図案」を感じとった原民喜もまた、あの、言葉が事物にふるう暴力を極度に怖れた人であったのだ。

ある時期、私は鎮魂の行為を素直に肯う習慣に生きていた。鳥獣でも虫魚でもない人間らしい行為の一つだと思っていた。しかし、今は、かなり違う。己惚れてはいけない。死を全うしていないものにどうして死者の魂など鎮めることができるだろう。鎮魂とは所詮死を経験できない生者の、不安と祈りに発した知恵に過ぎない。自分自身の魂鎮めなのだ。

生者は果して死者のために祈り得るか。「夏の花」は、作品全体でこの疑問を支えているように思う。この疑問は、原民喜にとって、この時はじめてのものではなかったけれど、己惚れや傲りへの警戒は、「夏の花」に一貫する叙事的文体にも充分読みとることができる。

言えるものなら、私もまた声をあげて、あの過ちはもう二度と繰り返さぬと言いたい。安らかに眠られよ、とも。だがそうは言えないのは、人間と言わず、わが身が、わが心がはかり難いからである。頼み難いからである。ある時不意に生きる権利を奪われた者、あり得たかもしれぬ人生を葬られた者への哀惜でとりすますには、私はまだ醜く、汚い、不安なものをもち過ぎている。私が人の生きる権利を奪わないですむという確証がいったいどこにあるのか。まだ眠りこけていない私の意識は、当然のようにそれは奪うべきではないという。その通りだと思う。それにもかかわらず私は不安である。

傲ってはいけない。人間はこんなことをした。

許してはいけない。人間はこんなことをされた。

忘れてはいけない。あなたもまた人間である。

しかし諦めてはいけない。人間にはこんなやさしさもある。

「夏の花」の広島は、会う度にそう繰り返す。

被爆した広島を言う言葉は、さまざまの目的をもって、今後いっそうせわしく賑やかに交換されるであろう。そして、広島を言う言葉が、時にどんな勢を得ようとも、「夏の花」はそのようなこととは関係なく、少しも色褪せずに在り続けるであろう。なぜなら、「夏の花」は、被爆した広島が言わせた言葉で成り立ち、意味づけられていない広島を遺し、そのことによってまさに存在の表現に与り得ていると思うからである。(四六・八)

(初出・『夏の花』解説、晶文社、一九七〇年/『自選 竹西寛子随想集1 広島が言わせる言葉』岩波書店、二〇〇二年所収)

武田泰淳「審判」の場合

開高　健

〝わがこころのよくてころさぬにはあらず〟が大岡昇平氏の提出した事態であったが、これと正反対の〝わがこころのあしくしてころすにはあらず〟が――箴言の形式では書かれていないが――武田泰淳氏が『審判』で提出した事態であった。この作品に登場する主人公の青年は兵士として戦場へいき、善・悪、快・不快、愛・憎、思慮・無思慮、いっさいの停止する〝シーンとした一瞬〟におそわれて無抵抗の中国農民を虫でもつぶすように殺してしまうのである。二郎というこの青年は平和時には寡黙、平静、思慮深く、温和で、忍耐強く、また恋人にも優しい。兵士になって戦場へいってから、兵士らしくない性格を恥じて、〝勇敢、犠牲、献身、無我、その他いろいろ青年の心をさそう美徳〟を身につけよう、それは〝死をおそれず敵を殺すことである〟と思うようになるが、ほかの兵士たちが三光にふけっているさなかにも、ブタやニワトリを無断で持ってくることはたまにしても現住民を殴ったり、強姦したり、というようなことはできないでいる。それがあるとき、隊長の気まぐれな、遊び半分の命令で、通りがかりの二人の中国農民を背後からねらう。みんなといっしょになって銃をかまえる。

私は銃口をそらそうかとも考えました。射たないでおこうかとも考えました。しかしその次の瞬間、突然「人を殺すことがなぜいけないのか」という恐しい思想がサッと私の頭脳をかすめ去りました。自分でも思いがけないことでした。今すぐ殺される二人の百姓男の身体が少しずつ遠ざかって行くのをジリジリしながら見つめ、発射の音をシーンとした空気の中で耳に予感している間に、その異常な思想がひらめきました。それが消え去ったあとに、もう人情も道徳も何もない、真空状態のような、鉛のような無神経なものが残りました。人情は甘い、そんなものは役にたたぬという想いも、何万人が殺されているなかのホンのちょっとした殺人だという考えも、およそ思考らしいものはすべて消えました。そしてただ百姓男の肉の厚み、やわらかさ、黒々と光る銃口の色、それから膝の下の泥の冷たさなどが感ぜられるだけでした。

この第一回の〝無用の殺人〟のときは隊長の命令があってみんなといっしょになってやったという条件があったが、第二回のときは誰に命令されたのでもなく、誰といっしょでもなく、ただひとりで、衝動のまま、焼けてゴースト・ヴィレッジとなった村の小屋のまえにうずくまってふるえているめくらとつんぼの老農夫婦を彼は殺してしまう。〝シーンとした一瞬〟におそわれて引金をひいてしまうのである。

……この地球上には私と老夫婦の三人だけが取り残されたようなしずけさでした。五月二十日の午後です。かすかに靴の下の土が沈み、風がゲートルをまいた足のあたりを吹き抜けたらしい。私は立ち射ちの姿勢をとりました。老夫の方の頭をねらいました。二人は声一つたてません。身動きもしません。ひきがねの冷たさが指にふれました。私はこれを引きしぼるかどうかが、私の心のはずみ一つにかかっていることを知りました。止めてしまえば何事も起らないのです。ひきがねを引けば私はもとの私でなくなるのです。その間に無理をするという決意が働くだけ、それできまるのです。もとの私ではなくなってみること、それが私を誘いました。発射すると老夫はピクリと首を動かし、すぐ頭をガクリと垂れました。老婦はやはりピクッと肩と顔を動かしたきりでした。それは睡っていた牛が急に枝から落ちた木の実で額を叩かれたような鈍い反射的な動きでした。

ある定理を実験したような疲労、とうとうやってしまったという重量のある感覚が私の四肢を包みました。その時も私は自分を残忍な人間だとは思いませんでした。ただ何か自分がそれを敢えてした特別な人間だという気持だけがしました。

この二つの行動の背景には、遠景として、いくつかのことが配置されてある。たとえば二郎は日頃から兵士として——若い兵士として——兵士であるからにはたとえそれが殺人であって自分の意に反することでもやらねばならないと自身にいい聞かせていたこと、また、物理学を学んでいっさいの物質は原子でできているのだから人間を殺したところで罪でもなく罰でもなく、ただ一つの〝物〟を微分子に分解するだけのことなのだと考えていたこと、子供の頃に池を通りすがりしなに醜怪なガマを見つけ、生きものを殺すことはイヤでならないのに空気銃を発射し、身ぶるいをこらえてつづけて二発、三発と射ちこんだことがあるが、それは〝自分の感情を支配してしまう決意、ともかく無理をおし切ってやる気持〟であったということなどである。そして第二回の殺人の前提には、このまま老農夫婦をほっておくと遅かれ早かれ餓死するのだから〝いっそひと思いに死んだ方がましだろうに〟という安楽死の思想があるが、それは漠然とした感想をでるものではなかった、とされている。

二郎に殺スカ、殺サナイカを決定させたのは史前期のような広大な寂寥のなかでの〝心のはずみ一つ〟であった。〝もとの私でなくなってみること〟の誘いが引金であった。『俘虜記』（大岡昇平）もまた〝心のはずみ一つ〟をめぐって峻烈なかげろうとでもいうべき自己分析をつづけているのだが、作者は、もしそのとき戦友が一人でもとなりにいたら、登場した、若いアメリカ兵を猶予なく射っていただろう、と推断している。〝戦争とは集団をもってする暴力行為であり、各人の行為は集団の意識によって制約乃至《ないし》鼓舞される〟からである。それをしなかったのはそのときたまたま自分がひとりだったし、すでに意識の中枢で兵士でなくなっていたからであるとしている。武田泰淳氏は大岡昇平氏のような質の精緻さで殺ス心のかげろうを追究してはいないが、べつの質で、ある種のしたたかな自然さをもって、さりげなく本質を一言でえぐりだしている。ひくいがきっぱりした口調で、透明な悲惨のうちに〝心のはずみ一つ〟であったといいきっている。

殺シタクナイという嫌悪はおそらく殺サレタクナイという願望の倒錯にほかならない。しかしこの嫌悪は人間動物のその同類に対する反応の一つであってその全部ではない。この嫌悪が優位を占めたのは一定の集団の中では私たちの生存が他人を殺さないでも保っていけるようになったからである。殺スナカレは人類の最初の立法といっしょにあらわれたが、それはその集団にとって各人が生きていることが有用だからである。集団の利害の衝突する戦場では今日あらゆる宗教も殺すことを許している。この嫌悪は平和時の感覚である。戦争とは集団をもってする暴力行為である。各人の行為は集団の意識によって制約乃至鼓舞される。もしあのとき戦友が一人でもとなりにいたら私自身の生命の如何にかかわらず、私は猶予なく射っていただろう。すでにそのとき私は兵士でなかった。そしてまたとなりに誰もいなかった。ひとりであった。だから……というのが大岡昇平氏の凜々とした、ひたすら〝正確〟をめざす文体のつづるところであるが、起こらなかったことを推察するにあたって〝猶予なく射っていただろう〟は断定的でありすぎるのではないだろうか。誰か戦友がたまたまとなりにいたとしても射たなかったかもしれないと思われる。そういうこともあるのではなかっただろうかと思われるのである。〝理外ノ理〟のあらわれようと質の不思議さは何人にも予感できず、予言もできないということを全篇のそこかしこでも自身の経験を検討して鮮烈な沈黙や驚きや不意のイメージで語っているのは大岡氏自身だからである。

二郎が心のはずみ一つで、ふと、もとの私でなくなってみたくなって、老農夫婦を殺してしまったあとへ、年配の伍長がもどってきて、

「若い奴にはかなわん」

黒い、いかつい顔に善良そうな弱々しい微笑を浮かべてつぶやく。このつぶやきのなかには、素朴だが痛烈な批評があるように思われる。観察力のリアリティーがあらわれているように思われる。いっさいは二郎の若さ、渇きから発生したことであったかもしれないのである。この暗示にはたしかさがあるようである。偶然としてのこのつぶやきがあるためにこの作品のなかで進行してきたものは必然の歯車にくわえこまれることなく必然となり得たように思われる。のちに二郎は自身を自身で罰したくなって父とも恋人ともわかれ、日本に帰還することを断念し、大陸のどこかへ消えていくことになるのだが、こういういい偶然のリアリティーが物語のその部分にないため作品は力を弱めているように思われて、ざんねんである。必然は物語のなかでは偶然と手を携えて歩んでいかなければならないが、いよいよむつ

かしさを感じさせられる。

〝シーンとした一瞬〟はこの作品のなかではとくに苦悩を強調した意図ではなく、むしろ淡々と描かれている。一人のあくまでも正常な教養と感性を持つ昭和期に育った日本人青年が——ガマを射殺すること自体もさまで少年の異常心理とは見えないが——国家にひきずられるまま戦場へでかけていって、たまたま出会うこととなる瞬間である。その瞬間の裂けめで彼は異域の寂寥を目撃し、ひきずられるままに殺人を犯し、未知の重量ある疲労のみを知覚してこちらの域へもどってくることとなる。作品からいささかはなれてこの瞬間だけをとりだして眺めてみたいと思うのだが、〝シーンとした〟というしかない、命名のしようのない、生の百科全書を繰るとしてどの頭文字で頁をさがせばいいのか、どうにもまさぐりようのないこの感情は、いったい何なのだろうか。狂気、正気、その境界線上にあるもの、狂気をまじえた正気、正気のかげろうのなかの狂気、どれなのだろうか。

梶井基次郎が〝滅形〟と呼び、サルトルが〝嘔吐〟と呼び、カミュが〝太陽のせいだ〟とムルソーにいわせた経験につながるものであろうか。かりにこれが精神病理学の対象となる知覚であるとしても、それが体の大半を沈めている影の部分があまりに広く、深く、朦朧としているので、作家は本能で、その呼び声のままに造形していくよりほかに探求の手段を持たされていないように思われる。二郎はこの瞬間から無辺際の魔の力そのものをひきずりだしたというよりは影におびえて苦しむのだが、この瞬間のうしろに何がひそんでいることか。

苦悩の精進また鏤骨のあげくに地平線のかなたにちらとあらわれる静寂の一瞬は無限界の融即の知覚であるはずだが、魔の気まぐれ、自然のいたずらは、平凡人の平凡な日常のなかにもこういう罠を仕掛けることとなるのだとでもいうしかないのだろうか。おそらくこの瞬間にそそのかされて遂行された動機なき殺人は古今東西のあらゆる戦場に数知れずあったものと思いたいが、そしてそれは戦場だけではなくて穢れた平和時の町角にもたえまなく出没、明滅しているはずのものと思われるが、いっさいが無であるこの瞬間からはいっさいのものがたちのぼってこれるはずであるから、もし、個人的犯罪で抑制されてしまう立場ではなくて自身の手の影で厖大な地表を蔽うことのできる立場にある人物が深夜の密室のなかでこの瞬間におそわれ、その寂寥に耐えられなくなってたちあがるか、声をあげるかしたら、何事が発生するだろうか。

ときに茫然となるのである。

（『紙の中の戦争』「大岡昇平「俘虜記」武田泰淳「審判」の場合」より、文藝春秋、一九七二年／『開高健全集14』新潮社、一九九三年所収）

年譜（太字の数字は月日）

一九三一（昭和六）年　**9**満州事変。

一九三二（昭和七）年　**3**満州国成立。

一九三七（昭和一二）年　**7**盧溝橋事件。日中戦争。

一九三八（昭和一三）年　**4**国家総動員法制定。

一九四一（昭和一六）年　**4**日ソ中立条約締結。**7**南部仏印進駐。**12**ハワイ真珠湾攻撃。太平洋戦争。

一九四三（昭和一八）年　**2**日本軍、ガダルカナル島撤退。**10**学徒出陣。

一九四四（昭和一九）年　7サイパン島陥落。本土爆撃本格化。

一九四五（昭和二〇）年　3東京大空襲。4沖縄戦。8・6広島に原子爆弾投下。8・8ソ連参戦。8・9長崎に原子爆弾投下。8・14ポツダム宣言受諾。

一九五一（昭和二六）年　9・8サンフランシスコ平和条約・日米安全保障条約調印。

一九六五（昭和四〇）年　2アメリカ、ベトナム北爆開始。

一九七三（昭和四八）年　1・27ベトナム和平協定。

一九七五（昭和五〇）年　4・30南ベトナム崩壊、ベトナム戦争終結。

こころ　夏目漱石

友を死に追いやった「罪の意識」によって、ついには人間不信にいたる悲惨な心の暗部を描いた傑作。詳しく利用しやすい語注付。（小森陽一）

現代語訳 舞姫　森鷗外　井上靖訳

古典となりつつある鷗外の名作を井上靖の現代語訳で読む。無理なく作品を味わうための語注・資料を付す。原文も掲載。監修＝山崎一穎

美食俱楽部　谷崎潤一郎大正作品集　種村季弘編

表題作をはじめ耽美と猟奇、幻想と狂気……官能的な文体によるミステリアスなストーリーの数々。大正期谷崎文学の初の文庫化。種村季弘編で贈る。

中島敦全集（全3巻）　中島敦

昭和十七年、一筋の光のように登場し、二冊の作品集を残してまたたく間に逝った中島敦――その代表作から書簡までを収め、詳細小口注を付す。

芥川龍之介全集（全8巻）　芥川龍之介

確かな不安を漠然とした希望の中に生きた芥川の全貌。名手の名をほしいままにした短篇から、日記、随筆、紀行文までを収める。

夏目漱石全集（全10巻）　夏目漱石

時間を超えて読みつがれる最大の国民文学を、10冊に集成して贈る画期的な文庫版全集。全小説及び小品、評論に詳細な注・解説を付す。

太宰治全集（全10巻）　太宰治

第一創作集『晩年』から太宰文学の総結算ともいえる『人間失格』、さらに『もの思う葦』ほか随想集も含め、清新な装幀でおくる待望の文庫版全集。

宮沢賢治全集（全10巻）　宮沢賢治

『春と修羅』、『注文の多い料理店』はじめ、賢治の全作品及び異稿を、綿密な校訂と定評ある本文によって贈る話題の文庫版全集。書簡など2巻増巻。

梶井基次郎全集（全1巻）　梶井基次郎

「檸檬」「泥濘」「桜の樹の下には」「交尾」をはじめ、習作・遺稿を全て収録し、梶井文学の全貌を伝える。一巻に収めた初の文庫版全集。（高橋英夫）

兄のトランク　宮沢清六

兄・宮沢賢治の生と死をそのかたわらでみつめ、兄の死後も烈しい空襲や散佚から遺稿類を守りぬいてきた実弟が綴る、初のエッセイ集。

ちくま文庫

教科書《きょうかしょ》で読《よ》む名作《めいさく》
夏《なつ》の花《はな》ほか　戦争文学《せんそうぶんがく》

二〇一七年一月十日　第一刷発行

著　者　原民喜（はら・たみき）ほか
発行者　山野浩一
発行所　株式会社　筑摩書房
東京都台東区蔵前二―五―三　〒一一一―八七五五
振替〇〇一六〇―八―四一二三
装幀者　安野光雅
印刷所　凸版印刷株式会社
製本所　凸版印刷株式会社

筑摩書房サービスセンター
埼玉県さいたま市北区櫛引町二―六〇四　〒三三一―八五〇七
電話番号　〇四八―六五一―〇〇五三

ISBN978-4-480-43413-5 C0193